OS VIRA-LATAS DA MADRUGADA

Adelto Gonçalves

OS VIRA-LATAS DA MADRUGADA
Romance

(Menção Honrosa do Prêmio de Romance José Lins do Rego 1980, de âmbito nacional, promovido pela Livraria José Olympio Editora, RJ, cuja comissão julgadora foi composta por: Doc Comparato, Haroldo Bruno, Ivan Cavalcanti Proença, Josué Montello, Stella Leonardos e Valdemar Cavalcanti)

LetraSelvagem

Grafia atualizada segundo o Acordo Ortográfico da Língua Portuguesa de 1990, que entrou em vigor no Brasil em 2009.

Direitos desta edição reservados à
Associação Cultural LetraSelvagem:
Praça Santa Cruz da Exaltação, 21 - Jd. Maria Augusta -
Taubaté-SP/Brasil - CEP 12.080-540. Telefone: (55) (12) 3635-3769.
E-mail: letraselvagem@letraselvagem.com.br
Sítio: www.letraselvagem.com.br

Diagramação: Cesar Neves Filho
Capa: James Cabral Valdana
Ilustrações de capa e miolo: Enio Squeff
Preparação de texto e revisão: N. Sena

Prefácio: Marcos Faerman
Posfácio: Maria Angélica Guimarães Lopes

O logotipo LetraSelvagem *foi idealizado a partir de cerâmica Aruak, padrões utilizados nas bordas dos vasos, compilados por Koch-Grunberg em 1910.*

Coleção Gente Pobre
Organizador: Nicodemos Sena

Dados Internacionais de Catalogação na Publicação (CIP)
(LetraSelvagem, Taubaté, SP, Brasil)

Gonçalves, Adelto, 1951 —
Os vira-latas da madrugada / Adelto Gonçalves. —
Taubaté, SP: LetraSelvagem, 2015.
216 p.
1000 exemplares

ISBN 978-85-61123-16-1

1. Literatura Brasileira — Romance
I. Título. CDD — B869.3

coleção gente pobre
Vol. 13

SUMÁRIO

Prefácio

A LUTA DA MEMÓRIA CONTRA O ESQUECIMENTO[1]

Por Marcos Faerman[2]

Este é um romance de sons delicados e de histórias tristes. Em suas páginas, sopra o vento, bate a chuva, se ouve a ressaca do mar — e as vozes dos homens, sempre as vozes, construindo penosamente a narrativa e a vida de personagens que nos desafiam pela sua não-linearidade: marinheiros, prostitutas, malandros do cais, gente que vive no porto de Santos e que é subitamente cercada por um desses momentos-limites da História, como foi o ano de 1964 nessa cidade.

Como é difícil o mundo para alguns homens! Como nosso planeta, nosso país, não parecem feitos para os homens — mas contra os homens, principalmente para os heróis e anti-heróis de Adelto Gonçalves. Nas conversas do cais, dos bares, nas luzes vermelhas e nas sombras dos cabarés estas vozes murmuram "sempre seremos uns fracassados". E como não se entender que flua com tanta insistência e consistência o sentimento de que ser humano é uma vergonha, quando os homens perdem até o direito ao sonho? Nessa história nos comove o desejo de seu autor de reconstruir um circuito da vida de

[1] Prefácio escrito para *Os vira-latas da madrugada*, que chegou a ser publicado, em 1981, com o prefácio, mas a editora, à época sob intervenção econômica do Banco Nacional de Desenvolvimento Econômico (BNDE), com receio de represálias por parte do governo militar, recolheu os exemplares à gráfica e mandou arrancar o texto de Marcos Faerman. (N. do E.)

[2] Marcos Faerman (1943-1999) foi um dos mais brilhantes jornalistas de toda a história da imprensa no Brasil; trabalhou em diversos veículos da chamada "imprensa alternativa" e tornou-se conhecido pela prática do jornalismo literário; autor, entre outros, de *Com as mãos sujas de sangue*. (N. do E.)

nossa Nação, da vida de alguns homens em um certo espaço. A memória de Adelto se abre para o abismo do momento em que o autoritarismo se implanta violentamente no país.

E a memória do autor passa a ser também a memória dos outros, personagens de uma história densa como o mitológico Nego Orlando, célebre no porto por sua arte na dança e na briga; homem que as grã-finas de São Paulo buscavam para algumas horas de amor, porque também nisso ele era bom, famoso... Por onde passava no porto, se abriam alas de reverência... Lá vai o Nego Orlando, aquele que participou da revolta da Ilha Anchieta e deixou de lado os colegas bandidos na hora em que eles ameaçaram matar crianças, mulheres... Lá vai o Nego Orlando...

Esta é uma história de muitas histórias e algumas confissões. O contraponto à narrativa é um discurso tímido do autor; breve interferência na vida que sopra aqui e ali, nos desenhos do cenário e personagens; e é assim que um tempo vai se construindo para os que o viveram e não o viveram. Adelto, como um Jorge Semprún, se coloca na postura de quem usa a linguagem para cavar no poço da memória.

"Eu era muito pequeno", conta Adelto, "quando algumas destas histórias aconteceram. Mas, enquanto as escrevia, ouvi vozes. Vozes de pessoas que já não estão mais entre nós — perdidas por aí, por esse mundo imenso, numa cova rasa e sem lápide, ou no fundo do mar". Personagem e autor vasculhando a memória fazem deste romance uma obra contemporânea, implicada no discurso que busca resgatar o tempo e a possibilidade até de sermos humanos.

Porque se Merleau-Ponty tem razão quando diz que "uma sociedade vale pelo que nela valem as relações do homem com o homem" — o que valerá a nossa sociedade? Envoltas na neblina (é beira-mar), caminham estas vidas confusas em que o antigo militante comunista é hoje, ontem, recolhedor de apostas do jogo do bicho e os homens parecem caminhar para algum lugar indefinido, sem forma. É neste aparente caos que emerge, poderoso, o golpe militar de 1964, e a Ordem se impõe e carrega os anônimos, os anti-heróis para a perplexidade e o horror de uma silhueta cinzenta que se vê da beira do cais; signo do Novo Estado é esse navio-calabouço e limite, cheirando a "mijo, suor e merda".

E quando a existência passa a ser um calabouço, não pensem que o mundo se torna um reino de heróis. "Os homens maldiziam o dia em que haviam entrado naquela merda de política e o que queriam era só uma oportunidade para voltar ao lar, conseguir um novo emprego e sobreviver". Olhares que se alternam bruscamente, a geografia política ou a política geográfica penetram na alma de cada um. Já não olham para o mar, com as suas múltiplas formas e linhas; já não veem navios flutuando para algum lugar, qualquer lugar.

Os prisioneiros do navio-calabouço estão condenados a olhar para a cidade onde viviam, a ver silhuetas da natureza, das casas, dos bondes correndo pelas ruas em que construíram as suas vidas. E o que pode ser mais comovente do que esses homens caminhando pelo navio e olhando essa cidade — história brasileira, próxima e perdida em umas poucas vidas que vão desaparecendo, assim como a lembrança dessa época.

Adelto Gonçalves é um dissidente brasileiro. A sua história não vai agradar àqueles que venceram em 64. Não por acaso, no começo dos anos 60, um desses generais vencedores disse que a história era escrita por quem ganhava. Mas para os nossos e outros dissidentes, num mundo em que a palavra se concentra em círculos cada vez mais restritos, o Poder se fecha, a palavra é negada aos intelectuais e aos homens comuns. Mas as coisas não ficam aí. No campo da memória, da história, das frases, há uma guerra que nunca termina. Não disse um dissidente tcheco, Milan Kundera, que "a luta do homem contra o Poder é a luta da memória contra o esquecimento?" Não nos diz um personagem de Adelto, em obscuro manuscrito encontrado depois de sua morte (no qual poderia falar com toda a sinceridade), que, "às vezes, penso que essa capacidade de discordar é a única possibilidade que a humanidade tem de não ser levada irremediavelmente para o abismo obscurantista?"

E tudo isso ganha uma irremediável grandeza, pensem o que pensarem de nosso tempo os vencedores, os que querem monopolizar o ser e o pensar de nossa História. De vozes que alguns ouvem e outros falam emerge o contratempo, o contraponto, o resgate, a palavra não-oficial. É o poderoso terreno da linguagem em que flutuam (como aquele sórdido navio) — "a história, as histórias — estamos citando Semprún —, as narrativas, as memórias, os testemunhos, a vida, o texto, a própria textura, o tecido da vida".

OS VIRA-LATAS DA MADRUGADA

PRIMEIRA CONFISSÃO

NASCI e vivi até os dezenove anos no Paquetá, bairro da zona portuária de Santos. Como sou homem sombrio e triste, creio que nasci à noite. Sim, porque a noite do Paquetá é triste; falsa é a alegria da dançarina, da puta e da mulher da boate: riem apenas para agradar ao freguês, que também é triste e só ri para esquecer a mulher que perdeu ou o amor que não teve. A noite, apesar da música, do burburinho e das luzes de neon, é triste.

Tristes são também os vagabundos e os trabalhadores do cais, os marinheiros e os moleques vira-latas da madrugada que andam por todo o Paquetá. E tristes são estas histórias. Como tristes são os tempos que as tornaram reais.

PRIMEIRA PARTE

CAPÍTULO I

EM PRINCÍPIOS de julho, o vento tornava-se áspero e arrastava a chuva por todo o cais, enlameando as ruas de pedras irregulares, provocando poças que os caminhões espirravam longe, afastando as mulheres das calçadas, reunindo os amigos nos botequins, agrupando os trabalhadores nos sindicatos, atrapalhando o serviço dos rebocadores no estuário, e revoltando o mar que começava a bater com violência nas pedras da atracação.

"Um dia de ressaca, de desgraças", pensou Pingola enquanto vinha rua abaixo em direção ao bar *Estrela da Manhã*, esquina de General Câmara com Praça Theresa Christina. Olhou o Paquetá através do fumo da chuva: era quase noite. Ao longo do cais, os navios auxiliavam, com suas luzes, a cidade a se livrar das trevas e prolongavam o trabalho dos doqueiros e estivadores. No Paquetá, as luzes também começavam a surgir à medida em que a noite avançava. Naquele momento, o bairro, como uma puta, preparava-se para a noite, perdia o jeito humilde, das crianças jogando bola nas ruas, dos ensacadores de café que passavam em cima dos caminhões carregados, das colegiais que voltavam da escola e iam para o pontilhão das barcas do Itapema, das rodas de bozó armadas em qualquer vão de porta, dos carrinhos de pipoca estacionados em cada esquina, dos bandos de moleques abandonados. E, em breve, os casarões do bairro — que, em outros tempos, abrigaram os barões do porto — abririam as janelas uma a uma, as lanternas vermelhas à entrada de cada puteiro seriam acesas, as primeiras mulheres chegariam para o trabalho, deixando no rastro o cheiro perfumado que atraía os homens, madame Sílvia, apesar da chuva insistente, sairia à rua, acompanhada de seus dois gatos angorás e do cachorro pequinês, quase sem pelo, de aspecto doentio, para o infalível passeio até à velha praça, a única do bairro, o vagabundo Plínio, arrastando a perna direita, procuraria o abrigo da última árvore da praça, onde encontraria o amor de Rosa que, embora enxotada na manhã daquele mesmo dia, voltaria como sempre para o calor de Plínio e repartiria com ele o dinheiro da mendicância, o aleijado Gentil, agora sem o braço mecânico, procuraria mais uma vez — e inutilmente — disputar com Plínio o amor e o dinheiro de Rosa, os vira-latas da madrugada voltariam a se encontrar em algum ponto do beira-cais, preparando um novo assalto — um bazar mal protegido, um gringo bêbado, uma puta otária, um comerciário em noite de rei —, Marambaia procuraria a mesa do fundo do *Estrela da Manhã*, desafiaria (na falta de um panaca eventual) qualquer conhecido para um jogo de damas, sem valer nada, esperaria Quirino para um trago, uma conversa, inseparáveis até o fim da madrugada, quando, então, Quirino iria para o encontro com uma nova companheira, à saída de uma boate ou de um puteiro.

A chuva crescia, incentivada pelo vento: batia forte contra os vidros da porta de vaivém do bar *ABC*, onde as lâmpadas amarelas, pendidas do teto, deixavam um ar melancólico, fazendo sombras no quadro pendurado na parede que mostrava o velho Baixô, caixote com verduras e frutas na cabeça — uma lembrança do tempo em que o velho maneta ainda não havia descoberto que a venda de bilhetes de loteria dava mais dinheiro porque o povo sempre prefere comprar ilusões. Num canto do balcão, o garção português olhava distraído para as bandejas de asas de borboleta nas prateleiras, misturadas com as garrafas de bebidas estrangeiras, à espera dos primeiros fregueses que a chuva afugentara: talvez mais tarde, quando já cansadas de aguardar os homens, viessem as mulheres, sonolentas. Naquela noite, seria mesmo difícil evitar o sono: nenhum navio dinamarquês no porto, nenhum nórdico perdido pelas ruas, nenhuma perspectiva de dinheiro no ar, só o cheiro de sal. No bar, as moscas, fugindo da chuva, zuniam entre uma mesa e outra: Pingola desencostou-se do vidro da porta, ainda olhou um outro quadro pendurado no alto da parede dos fundos do botequim — um cenário do cais, guindastes negros, navios com mastros antigos —, e decidiu enfrentar a chuva novamente, caminhando junto aos armazéns de café. Foi, ouviu vozes que vinham de longe, mas confundiu-as com os apelos — vem cá, benzinho! — das mulheres, no outro lado da calçada, escondidas atrás de meia folha de porta, apenas a cabeça de fora, amaldiçoando a chuva de vento que escorraçava os homens das ruas. Distraído em pensamentos, não percebeu quando uma mulher, quase menina, adiantou-se, num andar fugitivo. Então, ouviu vozes mais fortes e percebeu um grupo de operários, parado próximo à casa das águas, divertindo-se com um bêbado que, cambaleando na calçada, molhado, levantava um chumaço de dinheiro na mão e gritava para a mulher que passara apressada. Viu quando o bêbado, ainda gritando, ao tentar correr, tropeçou num defeito da calçada e caiu de joelhos. Mesmo assim, Pingola preferiu continuar, esgueirando-se pelas paredes das velhas casas e dos armazéns, em direção ao *Estrela da Manhã.*

O ar estava frio. Talvez por isso não havia nenhuma concentração de trabalhadores diante do sindicato dos estivadores. Pensou em dobrar por aquela rua que a chuva fizera solitária àquela hora. Hesitava: estivera ausente do *Estrela da Manhã* por bom tempo, esquecera-se dos amigos, de Marambaia e Quirino. Tudo por causa de Naná, pensou, enquanto observava o bonde 19 passando, o reboque com as lonas arriadas, tilintando nos trilhos. Mas todo homem é assim, imaginou. E essa reflexão deu-lhe ânimo. O vento apertava, sentiu um frio subir-lhe as pernas por causa das calças *Lee* molhadas, ajeitou a gola do casaco, arriou a ponta do boné e enfiou as mãos no bolso do jaquetão, novamente. Olhou um entulho próximo a uma construção e, mais adiante, sob a marquise de um armazém, um moleque, com uma vassoura de cabo cortado, recolhendo, agachado, os grãos de café que haviam caído enquanto os homens, durante o dia, descarregavam os caminhões. Deliciado, sorriu: depois que conhecera Naná, não quisera mais saber daquela vida, de sair bem cedinho para o cais em busca de biscates e ficar até o noitão, zanzando. Preferia ficar em casa, à noite, até que Naná regressasse do trabalho, alimentando minuto a minuto o desejo de amá-la. Muitas vezes, vinha a vontade de sair para o Paquetá, beber uma cerveja, um conhaque com mel ou um vinho quente quando o frio apertava como naquele começo de julho. Mesmo quando saía para uma dessa ou ficava rodando pela zona do mercado, queimando fumo, ao passar, no fim da noite, pelo *Estrela da Manhã*, a última mesa do botequim já não tinha mais Marambaia, apenas um ou outro freguês ocasional e as putas que atravessavam a noite pela madrugada sem arrumar nada. Fora Marambaia quem o protegera quando, sem a mãe, ficou sozinho no cais e foi morar num quarto do casarão da praça, por bondade da velha Isabel, a responsável pelo prédio. Velha amiga de sua mãe, das manhãs de domingo nas missas da Catedral, quando sempre tirava mais dinheiro do que colocava na sacola de esmolas, a turca Isabel, as faces rosadas de um ruge berrante, assustou todo mundo no Paquetá, quando foi capaz de um ato bondoso. E, desde esse dia, nunca mais ninguém no cais falou da usura da turca Isabel, até que, alguns anos mais tarde, quando ela morreu, descobriram um baú cheio de dinheiro roído pelos ratos.

A lembrança do tempo em que morou num quarto do casarão na praça o fez melhor. Só saiu de lá quando surgiu Naná: do meio da roda de bozó, ao final de uma tarde de verão, dessas que avançam nas horas da noite, viu quando a mulher morena, de grandes argolas douradas, perdeu-se em olhá-lo de longe, do outro lado da rua, enquanto Braz, porteiro da casa de madame Sílvia, abria a porta para a sua entrada. No outro dia, com a desculpa de que estava sem dinheiro, não apareceu na roda de bozó, formada todas as tardes entre o pequeno coqueiro de fruto ruim e a banca de jornais da praça, local estratégico para aproveitar o retorno dos trabalhadores do cais, presas fáceis dos malandros. Não foi até à roda, mas ficou perto, parado à porta do *Estrela da Manhã*, do lado da Rua General Câmara, à espera da mulher que não demorou muito. De madrugada, voltaria a encontrá-la à saída do puteiro e, desde então, voltaria muitas vezes.

Novamente inquieto, pensou em ir embora. Até à praia, talvez. Pegar um bonde na outra esquina, desviar ao longe do *Estrela da Manhã*. Naquele dia queria pensar muito: precisava resolver a vida. Mas temia os conselhos de Marambaia, vergonha de procurá-lo apenas quando precisava. Ainda em dúvida, avançou outra vez em direção ao *Estrela da Manhã*. Com uma ponta de tristeza, puxou o último cigarro, amassou o maço vazio de *Continental* e, parado na esquina de Constituição com General Câmara, sentiu o ar frio do estuário: ajeitou a gola da jaqueta e descobriu, passiva e melancolicamente, que uma mulher perdida é como apanhar na rua, de um rival ou da polícia, sempre um gosto amargo de sangue coagulado, de ódio e impotência.

Naná perturbou-lhe novamente o pensamento: só ao seu lado a vida seria ainda tolerável, pensou. *Na casa de madame Sílvia não me entrego a ninguém. Só dou o meu corpo*, ela dizendo, a chuva na vidraça, o rosto dela, a boca de um vermelho borrado, a febre de amor. As palavras invadindo o corpo, a lembrança deixando uma sensação de coisas perdidas. Então, teve raiva das histórias do cais que diziam de malandros que tinham duas, três mulheres trabalhando nos puteiros do Paquetá. Lembrou-se de Naná falando em abandonar aquela vida, sentiu insetos de uma poça próxima rondando-lhe o rosto. Viu que a chuva passara e descobriu que era feito de outra fibra.

Toda mulher perdida é uma mutilação na alma. Com Estela fora assim também. Gostava dela e até havia pensado em começar a trabalhar sério: carregar bananas nos sítios da ilha de Santo Amaro para os catraieiros da rampa do mercado ou ajudar o velho Themis a consertar portas elevadiças ou, então, se virar no escritório do advogado Esmeraldo, defensor dos trabalhadores do cais. Mas, naquele tempo, moleque ainda, era bem mais fácil vir na barca do Itapema com um pacote de fumo disfarçado, sem que os tiras percebessem. Trabalhar para os vagabundos dava melhor vida e respeito no cais. Mas, por Estela, naquele tempo, era capaz de tudo — até de se livrar do cerco dos vagabundos que não queriam deixá-lo sair do tráfico. E arrumar emprego, embora Marambaia dissesse que emprego só servia para engordar o bucho dos poderosos. Mas duvidava: também Marambaia estivera durante tanto tempo no mar levando cargas de um país para outro. E, afinal, estava convencido de que Estela o fazia invencível, como num sonho dos quatorze anos. Um sonho que o pai dela se encarregou de destruir: *Não é mulher pro teu bico, vagabundo!*, ouviu as palavras do pelego Januário e os três tiros, o medo da morte. E compreendeu que Januário, depois de tantos anos fazendo muamba no cais, desviando os fundos do sindicato dos motoristas e participando de trambiques como vereador, não iria querer um casamento pobre para a filha. Então, a lembrança fez com que Pingola descobrisse que pelego é uma raça tão filha da puta como caguete.

Estela fora um sonho; por isso, a separação não fora tão forte. Como agora com Naná. Estela, menina, ainda não sabia o que era um homem — amor puro, de crianças (ela o esperava, com a saia azul-marinho de colegial, as meias brancas até os joelhos, os livros presos entre a mão esquerda e os seios miúdos, sentada num banco de jardim da Ponta da Praia, do outro lado da cidade. Esperava-o para o passeio na praia, andar na areia, até que a noite descesse sobre a cidade). Naná fora outra coisa, uma afirmação de homem.

Atravessou a rua e entrou no *Estrela da Manhã.*

"Ô Marambaia, tem boca pra mais um?"

O velho marítimo — foguista de tantos anos — levantou a cabeça, a barba crescida na pele escura, barba de dias, a testa alta pela ausência do cabelo que se encompridava na nuca. Olhou para Pingola, piscou para o mulato Quirino, ao seu lado, e fez um gesto para que o rapaz sentasse. Homem viajado, Marambaia. Tinha andado por muitos portos, nas ilhas dos mares do sul, em Nova Zelândia, e até na terra de Knud Lykke, Tatoo Lucky, o tatuador. O velho Marambaia, quase sessenta anos de idade — mais de trinta anos no mar —, mulheres e filhos perdidos por esse mundo, vivia sozinho no Paquetá, desde quando um presidente da República assinou um decreto que lhe deu o indulto para uma pena de vinte e cinco anos e ainda lhe permitiu receber os vencimentos de marítimo aposentado. Nesse tempo, o velho Marambaia já se queixava de que os pássaros da Praça Theresa Christina não mais cantavam como antes, de que o último homem valente do beira-cais havia morrido, há dias, quando o Grego, o jornaleiro, acabou na ponta da faca de Batatinha, malandro de metro e meio de altura, de que os navios não mais apitavam na barra como antigamente por causa da ordem de algum capitão dos portos filho da puta, mas, na verdade, os cantos dos pássaros ainda estavam na praça, homens valentes ainda restavam no Paquetá — se bem que por pouco tempo — e os navios apitavam sempre que entravam no estuário, porém os ouvidos do marítimo já quase não ouviam e os olhos viam eternamente uma névoa como um entardecer de verão. Por isso, as histórias e as lembranças eram um consolo para a velhice do marujo; e escutá-lo, um prazer. Eram histórias de coragem, dos anos moços do velho foguista, contadas com raiva porque, naquele tempo, os homens do mar eram mais pequenos ainda em sua luta contra forças terríveis, mas, como todo pequeno, sabiam que não tinham outra saída, senão lutar até o fim. Algumas vezes, havia também casos de amor, de uma mulher esquecida num porto distante do Indostão, de um filho que não conhecera, mas que tinha os olhos rasgados como os de um chinês. Os amigos de Marambaia sabiam dessas histórias, ouvidas em qualquer fim de noite, quando o marítimo já começava a caminhar pelos ilusórios lugares da bebida, mas sabiam também que o foguista comandara doze motins armados e acabara derrotado em todos por causa da falta de solidariedade e do medo de outros embarcadiços. Os covardes estão sempre em maioria, repetia o velho marujo de olhos enevoados, batendo o punho fechado no mármore da mesa. Tantas vezes fora assim: no primeiro motim, a bordo do *M/V Liliana*, de bandeira nacional, traído pela palavra do comandante, Marambaia, depois que todos os embarcadiços haviam recebido os pagamentos atrasados, foi preso em obediência a uma ordem chegada pelo rádio e, numa noite, sem que ninguém reagisse, de madrugada, acabou atirado ao mar a muitas milhas de Porto Rico. Mas o marujo nadou um dia e na segunda manhã foi recolhido por pescadores. No décimo segundo motim, o último em trinta e tantos anos de vida no mar, Marambaia, em companhia de outros rebelados, foi entregue às autoridades portuárias e, depois de um rumoroso processo, com ameaças de motins em outros navios, apenas ele foi condenado a vinte e cinco anos de prisão, assumindo sozinho a culpa pela morte de um fura-greve, embora não tivesse sido o autor do disparo, como ficou provado anos mais tarde. Entre esses dois motins, muitos anos se passaram e a vida de Marambaia esteve, várias vezes, por um fio, como naquele dia quando quase morreu soterrado no porão de um cargueiro. Em todos os motins, além do atraso no pagamento, sempre existiu um outro motivo: a falta de proteção para o trabalho insalubre.

"Não aparece mais?", perguntou Marambaia, sacudindo a garrafa para fazer bastante espuma e colocando cerveja num copo para Pingola.

"Não é isso, velho. É que estou muito puto da vida. Perdi a mulher."

E o foguista soltou uma forte gargalhada, atraindo a atenção dos poucos fregueses do bar:

"Mulher vai, mulher vem, moleque."

Até eles chegava o som da chuva, que voltava pesada, o tilintar, de quando em quando, dos bondes nos trilhos, e o zunir das moscas de mesa em mesa e nos pratos de sardinha frita expostos no balcão.

"Ela achou de ir embora. Falou que não aguentava mais essa vida no cais."

"E para onde foi?"

"Para Maracangalha", mentiu Pingola, com receio de dizer que Naná se fora porque não queria macho, não estava disposta a dar dinheiro para homem, embora o tivesse sustentado naquele ano e pouco. Mas era diferente, ela dizia: casa e comida, dinheiro nunca — se quisesse, que se virasse. Tudo porque Naná pensava numa vida tranquila, numa velhice amparada, no futuro da filha de três anos: tinha medo de acabar requenguela num derradeiro boteco da zona do Golfo ou no povoado de Maracangalha, lá para os lados de Piaçaguera e Cubatão. Por isso, dizer que ela fora para Maracangalha era uma espécie de vingança, um desejo provocado pela raiva. Mas Marambaia não sabia disso.

"Escuta, garção, manda mais duas cervejas", disse o velho marítimo. E acrescentou, virando-se para Pingola:

"Ela não sabe o que é Maracangalha, é o cu do mundo, uma terra por onde Deus não passou. Lá as luzes são de lampião a gás ou querosene e até o dia nunca chega por inteiro por causa da montanha e da mata. É sempre lama, todo o ano, um pântano, tudo de um verde-escuro, musguento. As casas são de madeira apodrecida, as mulheres todas doentes."

"É brincadeira, velho. Ela foi para São Paulo, ganhar a vida."

Mas o velho marítimo não escutou as palavras de Pingola em tom de desculpa. Bebeu a cerveja até deixar apenas espuma no copo e continuou dizendo: "Maracangalha é uma tristeza de lugar. Contam que os malandros e os peões mortos lá ainda continuam zanzando pelo povoado. Toda questão é resolvida à bala ou na peixeira — mulher, dinheiro, qualquer coisa. Hoje, os peões que trabalham na refinaria ou na siderúrgica ou mesmo os funcionários da estrada de ferro só vão lá em bandos, com medo. É verdade que ainda há mulheres boas lá, mas a doença está no ar. O vento sopra lá a toda hora, mas não carrega a tristeza, a doença".

Lá fora, de quando em quando, o barulho dos bondes sacolejando nos trilhos, o rumor da chuva. Dentro, as lâmpadas amarelas pouco iluminavam o botequim: na parede, uma tabuleta mostrava o resultado de um jogo de várzea — Estrela da Manhã FC, 3 x Glorioso FC, 2, clássico do bairro, rivalidade antiga, jogadores aliciados de um time para outro. Olhando a tabuleta, Rosa, a louca, com o seu olhar baço e inofensivo. Lesa, encabulada, à espera de que alguém se lembrasse de lhe oferecer um pedaço de pão ou um café. E quando isso acontecia, ela curvava a cabeça, aceitando com timidez. Fingida, trinta e poucos anos, outras trinta e poucas desilusões, Rosa tinha o dinheiro arranjado na cidade durante o dia, mendigando. Mas esse dinheiro iria para o vagabundo Plínio, com quem dividia a maloca armada no fundo da praça, ali adiante. Ou, então, para o dono da farmácia: Rosa comprava vidrinhos de éter e, à noite, cheirava-cheirava, quase sonhando, viajando por lugares desconhecidos. Nas noites de tempestade o seu grito de muda varava a escuridão do cais como um relâmpago, buscando o filho que, um dia, o mar levou e a fez fugir do mundo.

"Estive em Maracangalha há uns dois anos. Fui mais porque me disseram que uma mulher estava lá, uma que trabalhou no cabaré do Aires, o *Maxim's*. Mas também fui porque queria lembrar aquele lugar novamente, o tempo em que estive escondido lá da polícia de Vargas. Lá, os cães da polícia nunca chegavam, tinham medo. Sabe, eu queria mesmo era olhar novamente aquela mulher: encontrei-a, uma tarde, sentada à frente de um botequim, as pernas abertas, esculachada — aquelas pernas de bailarina. E descobri que já não a amava, não era amor aquele sentimento oculto que eu carregava. Era saudade, um amor às coisas do passado, como se eu quisesse ter novamente trinta anos, andar de porto em porto, e, quando chegasse a Santos, soubesse que encontraria aquela mulher. Era um sentimento de amor, mas desse amor que nós sentimos por uma fotografia velha, pela rua de nossa infância, ou por um navio."

Os amigos ouviam Marambaia. Quirino, um braço apoiado na mesa, a mão esquerda tombando levemente o copo, olhava o fundo opaco deixado pela cerveja. Vagabundo e mulherengo, sem horário, Quirino não falava muito; só ouvia — boa companhia para o velho Marambaia. Mas, desta vez, perguntou: "E o que você fez em Maracangalha nesse tempo todo?"

"Eu era ainda novo, estava cheio de ideias e de forças. Quando me disseram que a polícia não chegava lá, pensei que era apenas um ardil do partido, uma forma de se livrar de mim. Fui levado por alguns camaradas que me ensinaram o caminho e, só depois lá, sozinho, comecei a descobrir que aquilo era um inferno, era difícil sair de lá, era difícil entrar lá, sem correr risco de se perder na mata. Pensei que não iria sair mais daquela merda, que a ditadura não iria cair nunca, mas caiu — sempre cai!"

"No primeiro dia, comecei a trabalhar, a derrubar algumas árvores porque não tinha casa e precisava de um lugar para morar. E lá ninguém queria saber de ajudar ninguém, todo mundo tinha o rosto fechado, desconfiado. As mulheres, putas que tinham sido escorraçadas daqui do Golfo, só abriam as pernas por dinheiro, qualquer miséria, mas por dinheiro. Ou, então, para os cafetões, aqueles que haviam chegado primeiro, que se mantinham na base da violência. Eu estava desiludido com os homens, a covardia de alguns companheiros em brigas nos navios me havia deixado descrente. Mas eu era novo, tinha forças: pensei em fazer de Maracangalha uma cidade livre, um território livre, onde todos pudessem trabalhar em função de todos. Era uma oportunidade que eu tinha de colocar em prática as minhas ideias. Mas não consegui, aquilo é um lugar morto, as pessoas que vivem lá são insepultos, apenas mortos que ainda caminham. E, com o tempo, a gente também fica assim, quase um morto."

Lá fora a noite avançava, ouvia-se o seu avanço: um alto-falante na janela do sindicato dos portuários, voltado para a praça, começava a expandir as primeiras palavras de uma assembleia — *Companheiros! Estamos em luta!* —, as primeiras palavras que saíam voando entre o zumbido do vento de inverno e as árvores da Praça Theresa Christina, entre um samba-canção que começava a rodar num puteiro defronte, no número 29 da praça. O som vinha distante, amortecido pelas portas arriadas do botequim por causa da chuva. E veio também uma gritaria de crianças.

"Hoje sonhei com violência no cais", disse Marambaia, fazendo um sinal com a cabeça como absorvendo as palavras que vinham longínquas, do alto-falante do sindicato. "A passeata do dia primeiro de maio, acho que foi isso. Fiquei impressionado: começaram a pensar que estão no poder, acreditam num latifundiário. Ninguém esquece as suas raízes, meus chapas. É preciso calma."

"Por que a violência?", quis saber Quirino.

"Foi um sonho angustiado. Os trabalhadores teriam se recusado a descarregar um navio americano, a descarregar uma partida de leite. Foi isso: um trabalhador me contou que o leite americano estava esterilizando mulheres. Foi dessa conversa que nasceu o sonho, um pesadelo."

"Esterilizando?", perguntou Pingola.

"É. A mulher fica que não pode mais ter filho. Eles não querem que o país aumente a sua população. É mais fácil matar o pobre antes dele nascer do que depois, quando ele começar a roubar porque não tem o que comer..."

Marambaia parou de falar e ficou olhando para uma mesa vazia, um ponto distante. E, então, súbito, na rua, a gritaria de homens e crianças aumentou. E os três foram até à porta, levantando a folha de zinco.

Era uma briga entre dois moleques e a roda de povo já em

torno deles, apesar da chuva. Os homens gritavam, sádicos: "Pau nele! Dá nele!"

"Quem são?", perguntou Marambaia.

"São engraxates, manjo os dois", disse Pingola. "Um devia estar catando os fregueses do outro. A zona aqui está dividida. Ninguém pode avançar o limite, senão leva cacete..."

"Mas com essa chuva, quem vai engraxar sapatos?", comentou Quirino. Ao lado, encostado num vão da porta, um bêbado, chapéu torto na cabeça, riu com os olhos turvos, falando aos gritos para o meio da roda de povo: "Deixa bater, deixa brigar!"

"Essa é a lei do cais, major", comentou Marambaia para Quirino, desinteressando-se da briga e voltando para a mesa. Rosa, a louca, os pés descalços, a barra da saia molhada, ainda estava olhando a tabuleta do jogo de futebol, indiferente à briga, que, agora, com a fuga de um moleque, a caixa de engraxar nos ombros, apenas restava no comentário do povo.

Quando novamente só estava no ar o som distante da voz de um líder sindical misturado ao da música que vinha das casas de mulheres e dos cabarés, da chuva batendo na rua, escorrendo nas calhas, surgiu na porta do *Estrela da Manhã* uma mulher, os olhos de espanto.

Quirino apertou rápido o braço de Pingola: "Olha lá, menino, coisa nova por aqui. Vai lá que o negócio é contigo". E Pingola levantou-se — já havia visto aquela mulher, momentos antes — lembrou — quando vinha para o bar, os operários na casa das águas gritavam, um bêbado corria atrás dela. E se foi pelo cais atrás da mulher.

"Quem será?", murmurou Quirino. E Marambaia: "Deve ser mais uma que se mandou da casa dos pais. A fome deve ter apertado e veio defender uma grana por aqui. Deve estar sem ambiente, mas deixa que o moleque toma conta dela..."

Então, o velho marítimo apoiou a cabeça sobre um braço no mármore da mesa como se fosse dormir.

Marambaia no *Estrela da Manhã*

CAPÍTULO II

FOI a chuva que a trouxe para o cais. Naquele inverno Sula apareceu com uns olhos de ontem, de quem havia ficado a noite inteira sem dormir. Andou pela praça da estação ferroviária e seguiu pelo caminho de ladrilhos e pedras antigas que levava por entre o abrigo das árvores até a igreja do Valongo. Estava cansada e suja, os chinelos pobres arrastados como se tivessem as tiras soltas, a lama da chuva escorrendo pelas pernas, o vestido simples escondendo as coxas morenas. Pensou em rezar, pedir proteção para aquela nova vida, mas parou sob os arcos de entrada da igreja: os sinos começavam a repicar as seis horas.

E voltou. Caminhou pelo jardim em frente à igreja, fez o sinal da cruz para uma imagem erguida sobre uma pedra, entre árvores e flores, e transpôs o portão de ferro. Novamente na rua, olhou os botequins amarelos, os homens em torno dos balcões, os trabalhadores do cais. Viu os mastros de um navio saindo por sobre o armazém um das docas, pessoas entrando na estação de trens, o bonde 19 passando nos trilhos. Sonolenta, decidiu avançar pela rua adiante: Rua do Comércio, leu. E decidiu entrar na cidade sem perguntar a ninguém. Então, veio uma má recordação, o rosto do pai encolerizado, a ordem de sair de casa, buscar homens nas ruas, se quisesse sobreviver. Era para isso que ali estava: lembrava do nome de Milena, uma que também saíra de sua cidade escorraçada pelo pai e, agora, diziam, trabalhava nas boates do cais. Pensava em procurá-la, mas não tinha qualquer outra referência: sabia que era garçonete de boates.

Já estava entre os ruídos da cidade ao fim da tarde: as casas do comércio fechando as portas, as pessoas em longas filas nas paradas de ônibus, os operários voltando do cais curvados nos guidões das bicicletas. Sentou-se num banco úmido da Praça Mauá e ficou olhando os pequenos pássaros como vinham dos beirais do Paço procurar abrigo nas árvores molhadas. Fechou os olhos, aspirou o vento frio, sentiu os pés gelados, e procurou abandonar-se ao canto dos passarinhos. Mas voltou-lhe a ideia de que precisava procurar Milena, a quem nem conhecia. Levantou-se, caminhando à esquerda, desviando para o lado do cais, sem saber.

Mais adiante, viu novamente os armazéns das docas, uma locomotiva passando rápida, solitária, os guindastes que se sobressaíam além do teto dos armazéns. De vez em quando, um caminhão passava, em meio aos buracos, espirrando lama das poças fétidas — um cheiro de mistério como o de todos os portos do mundo. E perdeu-se na zona do Golfo: à esquerda, um sem-fim de armazéns amarelos, sujos, descaiados — cargas em fileiras nas ruas, cobertas por encerados, um policial adiante —, à direita, uma longa fila de botequins — mulheres desenxabidas sentadas às portas, olhando a chuva batendo nas pedras das ruas, nas latas vazias. Uma música sertaneja vinha dos botequins, música de vitrola, cantada com uma voz arrastada, caipira. E Sula arriscou um olhar para dentro dos bares: bandeirinhas de papel crepom entrepassavam-se no teto, algumas mulheres agarradas a homens bêbados. Então, teve medo: pensou em perguntar por Milena a uma mulher sentada a uma mesa, quase na porta do botequim, mas o olhar dela a fez continuar o passo. Olhando de um lado a outro para evitar a expressão rude daquelas mulheres, Sula pensou em correr: começava a descobrir que, naqueles lados, que começam atrás da Alfândega e se alastram beirando os armazéns, poucos poderiam se aventurar. E foi se desguiando, sobressaltada, acompanhando os trilhos que faziam curva lá adiante.

Ao final da curva, teve uma surpresa: as luzes. E à medida em que avançava, as luzes e os painéis luminosos de gás neon cresciam, as músicas dos cabarés confundiam-se no ar — sons estrangeiros, vozes incompreensíveis —, os rostos das pessoas tornavam-se mais amistosos. *Bar ABC*, *Restaurante Chave de Ouro*, ficou parada olhando os luminosos: viu que um rapaz, o rosto encostado na porta de vidro do bar *ABC*, parecia preocupado em observar o movimento do botequim, lá dentro. Foi quando sentiu que alguém lhe segurava o braço. E ouviu o galanteio baboso de um bêbado, uma proposta de dinheiro.

Compreendeu rapidamente e decidiu fugir. O homem tirou um chumaço de dinheiro do bolso e gritou: "Sua puta! Estou com muito!" E, ao tentar correr, o bêbado tropeçou na calçada, caiu, deixando o dinheiro se espalhar no chão. Então, uma puta veio logo correndo do outro lado da calçada para ajudá-lo, sonsa.

Gritos surgiram lá de longe, de um grupo de trabalhadores próximo à casa das águas. Risos. Sula, suando de medo, apesar do frio, nem se virou, foi mais adiante. E viu outro luminoso: *Old Kopenhagen*. Na porta, ninguém. Entrou e a música de um piano lhe devolveu a paz. Sozinho, no fundo da boate, um homem, boina preta na cabeça, parecia absorto diante do piano; uma mulher, por trás da caixa, fazendo contas, não lhe percebeu a presença. Sula avançou tímida, viu a sua figura nos espelhos, a penumbra, as luzes azuis — de um azul triste — sobre os cartazes na parede. E ficou olhando para o homem com receio de interrompê-lo. O homem continuou tocando e seus olhos miúdos e tristes olhavam para um ponto indefinível. Ela continuou ali, deixando-se levar pela música, olhando as mãos brancas do homem correndo no teclado.

Só ao vibrar a última nota, o homem percebeu Sula; então, ergueu as sobrancelhas como que surpreso. E lhe disse para que se aproximasse.

"Procura alguém, menina."

"Sim. Milena."

"Não conheço. Não trabalha aqui", disse o homem, virando uma partitura sobre o piano. "Ah, sim... Tem uma Milena que trabalha no *Las Vegas*. Vá até lá..."

Mas quando Sula já se ia pelo corredor entre as pequenas mesas e banquetas do salão, o homem gritou: "Volte, menina!" E, quando Sula se aproximou, o homem pousou nela aqueles olhos miúdos e tristes: "Você é nova aqui, não? Procura o quê?"

"Emprego", disse Sula, com voz baixa. "Não sei a quem procurar. Só conheço essa Milena, que era lá de minha terra."

"Mas aqui não é lugar para você procurar emprego, menina. Volte para casa, antes que se arrependa de entrar neste inferno. Isto é o fim do mundo."

"Não posso voltar para casa. Não tenho para onde ir."

"Pois pense bem no que lhe digo: este é o último lugar que você poderia procurar. Cinco anos neste pedaço são uma vida inteira. E você é bonita, pode conseguir um emprego melhor", disse o homem.

"Não pense que seja tão fácil assim. E qual é o problema desta vida? Ter de dar para homens estranhos? Num emprego qualquer vou ter de dar para o patrão por bem menos... Já sei disso."

"Bem, menina, você é quem sabe. Talvez eu seja um velho puritano perdido por este mundo. Quando eu era menino tocava em igrejas, sonhava em tocar nos teatros mais famosos do mundo. *Teatro Bolshoi*, de Moscou. E acabei aqui, *Old Kopenhagen*, tocando apresentações para *streap-teases*. É, talvez seja melhor você começar a vida sem ilusão nenhuma. Assim, a vida dói menos", disse o homem que ficou parado olhando a partitura. "Vá, vá procurar por Milena. Ela trabalha mesmo no *Las Vegas*. É uma mulher boa e esperta", falou, por fim. E, quando Sula já se ia novamente, o homem gritou lá de longe, o rosto de bondade na penumbra, só os olhos miúdos brilhando: "Diga que fui eu, Chamorro, quem lhe mandou até ela. Se precisar, volte aqui..."

Na rua, outra vez, Sula pensou em procurar o *Las Vegas*. E descobriu que não sabia onde era. Mas ficou com receio de voltar ao *Old Kopenhagen*, procurar Chamorro. Decidiu caminhar alguns metros, ao azar, debaixo da chuva fina. *El Moroco, Suomi Bar, Sweden, Scandinavia, Restaurante Chave de Ouro (Golden Key).* Estava cansada. Sentou-se à uma porta fechada do *Chave de Ouro:* na esquina, um carrinho de frutas, as lonas arriadas, cascas de abacaxi no chão esparramadas. Fechou os olhos por instantes, aspirando fundo o ar do mar, sentiu um gosto amargo na boca e lembrou-se das palavras de Chamorro, o pianista. Mas não podia pensar em voltar para casa. Percebeu, então, os olhos úmidos. E passou as costas das mãos no rosto. Foi quando ouviu um grito: "Olha a putinha, rapaz! Está chorando!"

O grito de um malandro invadiu o ar, atraiu as pessoas que passavam pela calçada. E logo começou a se fazer um círculo em torno de Sula. Vacilante, ela abriu espaço entre as pessoas, saiu apressada para longe, se tocou embora para outros lados. *Zanzibar, Pan American Bar, Zanzi Hotel, Oslo Bar, Pavão de Ouro, Papajimmy.* Parou na porta do *Oslo Bar:* a pista de danças vazia, as mesas sem ninguém, no balcão algumas mulheres solitárias, mudas. Um ritmo de bolero, uma voz grossa de cantor maldizendo uma mulher perdida, um amor perdido. Sula fechou a cortina da porta de entrada, olhou para a rua: mulheres passavam agarradas em seus homens, penduradas nos braços tatuados dos marujos estrangeiros, imploravam beijos, insistiam com uma fala mímica, uma língua de contato feita de afagos e sorrisos.

Um velhinho apareceu ao lado de Sula, na entrada do *Oslo Bar,* com um cesto de flores, rosas vermelhas. "Quer uma rosa, Maria?" E Sula virou-se assustada. Foi, então, que o velhinho descobriu no rosto dela sinais de choro. "Andou apanhando do macho, é?"

Mas Sula fez que não ouviu, desceu para a calçada, foi caminhando até à esquina, desviando-se das pessoas, esgueirando-se pelas paredes. E, na esquina, descobriu lá longe um luminoso: *Las Vegas.* Foi até lá e parou na porta olhando as fotografias de mulheres quase nuas. Os rostos, uma cantora, uma orquestra — retratos da noite. E, ao ver o porteiro, perguntou por Milena.

Tinha chegado cedo. O porteiro olhou para ela, viu o vestido pobre, os pés sujos. E disse-lhe que não poderia entrar assim na boate. Se quisesse, teria de esperar ali fora, na chuva. Então, Sula decidiu andar mais um pouco pelo Paquetá. Foi até um bar na esquina, tinha fome. Mas o dinheiro dava apenas para um café. Pediu. E tentou ficar por ali à espera de Milena. No bar, um grupo de trabalhadores do cais conversava em voz alta. Estavam falando de um homem, Nego Oswaldo. Um trabalhador que estava apoiado contra o balcão dizia de uma fuga de prisão, da Ilha Anchieta, uma rebelião. "Ele ainda vai aparecer aqui, esta noite. Aqui ninguém o prende", comentava o homem que bebia amargo.

Meia folha de uma porta do bar estava arriada. Fazia um frio estranho ao cais. Os homens, mesmo os marinheiros acostumados a todos os ventos, tremiam até os ossos. Tinham saudade do mormaço do cais.

Quando voltou à boate, Sula soube que Milena ainda não tinha vindo — talvez nem viesse. Então, abandonou a rua, foi voltando para os lados do cais. Quase noite feita. *Scandinavia*, leu. E aproximou-se da porta de vaivém: mulheres no balcão, marinheiros bebendo vermute, os loiros e as negras. *Senhoras e Senhores*, o *cabaré Scandinavia apresenta o primeiro show desta noite / parã pararápa paparanram / para-pã!* Da porta, Sula viu uma mulata, o maiô cintilante, de lantejoulas prateadas que as luzes faziam azuis, entrar no palco. Mas veio um homem e cerrou a cortina diante da porta de vaivém. E ela se mandou para baixo. *Old Kopenhagen*, leu, pensou em voltar e procurar Chamorro, o pianista. Mas não. Seguiu. *Bar Paquetá*, *Espeto de Ouro*, viu mulheres na esquina, no vão da porta do bar, escondendo-se da chuva. Uma viatura de polícia na esquina, teve medo. Mas avançou, atravessou a Rua dos Estivadores. Caíram novas gotas de chuva, grossas, frias: escondeu-se sob a marquise de um botequim. Esgueirou-se pelas paredes da *Açucareira*, atravessou outra rua: nenhum movimento de carros. Viu novos luminosos: *Maxim's*, *Eldorado*, *Bar Papagaio*, *Bar Marítimo*, *Iracema*. E descobriu um largo, Praça Theresa Christina, as palmeiras-irmãs no centro da praça, quatro.

Gritos ressoaram na esquina do outro lado, homens saíram às portas dos bares: uma briga de moleques. Os homens fizeram logo uma roda no lugar. Até que um dos moleques saiu correndo, a caixa de engraxar nos ombros, medroso. E os homens gritaram mais ainda. Alguns, decepcionados com o desfecho da briga, voltaram para o bar *Estrela da Manhã* — beba *Crush*, uma tabuleta velha no alto da porta —, enquanto outros saíram embora para longe. As mulheres retornaram à boate *Eldorado* ou sumiram por uma porta azul carcomida, mais adiante, uma lanterna vermelha no umbral, casa de madame Sílvia. Sula, sozinha, pensou em entrar no *Estrela da Manhã*, pedir para ir ao banheiro, precisava. Ia entrar, mas recuou: no fundo do bar, três homens pararam de conversar para observá-la.

Largou-se rua abaixo, em direção oposta ao cais — *Bar Tibiriçá*, ninguém, só moscas, 29, uma porta aberta, viu mulheres lá no alto, no fim da escadaria. Se olhasse para trás, veria alguém a segui-la. Mas só observou a praça adiante, cercada por baixos edifícios, um armazém ao fundo, um prédio novo do outro lado. E, quase chorando, atravessou a rua, entrou na praça solitária, sem monumentos, só árvores. Chorava porque estava sozinha no cais, sem dinheiro, sem ninguém, sem coragem de voltar para casa, pedir ao pai para deixar ficar. Olhou as árvores molhadas, a claridade que vinha das janelas do edifício novo, as palmeiras-irmãs. Estava assim, chorando-chorando, quando se assustou com a voz de um alto-falante, *a revolução não é apenas uma palavra da moda, uma palavra popular*, o alto-falante chiava, voltado para a praça, numa janela do edifício novo, *a classe rica está encurralada e irá se utilizar dos meios mais baixos*. E avançou por entre as sombras da praça e, de repente, viu, um pouco mais adiante, no canto da praça, uma forma vaga, uma palhoça de tábuas e papelão, tudo molhado.

Pensou: deve ser de alguém. Mas não havia ninguém. Teve medo, mas o sono era forte, ali dentro não chovia, os jornais estavam secos, espalhados pelo chão. Aninhou-se e procurou prestar atenção às palavras do alto-falante: *a violência se faz com armas, com granadas, com tanques, com uma porção de meios custosos que não estão nas mãos das classes populares*. Só que o sono era forte, dois dias sem dormir direito.

Sentiu dormindo alguém lhe acariciando os cabelos, dedos suaves percorrendo-lhe o rosto. Encolheu-se, teve medo, mas abriu os olhos: um homem, o rapaz de antes, do bar. Ele não lhe falava nada, apenas lhe passava a mão pelos cabelos úmidos. A voz dele, finalmente — rouca, sussurrada, *você não pode ficar aqui, venha comigo, daqui a pouco Rosa, a louca, vem para cá e lhe expulsa daqui*. Sula aceitou a mão estendida e deixou-se abraçar. E se levantaram e foram pelo beira-cais, pela rua cheia de luzes, tropeçando aqui e ali em mulheres e marinheiros bêbados. Para trás, ficara a voz fanhosa do alto-falante.

Sula e Pingola

SEGUNDA CONFISSÃO

QUANDO surgiu o Paquetá, talvez ninguém saiba. Provavelmente, quando Brás Cubas recebeu de Martim Afonso a escritura de doação das terras de Jarabatyba na capitania de São Vicente, já existia a região do Paquetá. O historiador Francisco Martins dos Santos, em uma nota nas páginas 107 e 108 do volume II do livro *História de Santos* (1532-1936), publicado em 1937, pela Empresa Gráfica da Revista dos Tribunais, de São Paulo, registra que Paquetá provém de uma denominação indígena que quer dizer "lugar de atoleiro forte". Até essa data, muitos historiadores acreditavam que Paquetá significava "lugar ou viveiro das pacas". Mas Francisco Martins dos Santos desfez essas dúvidas. Diz o historiador: "O vulgo, sempre disposto às etimologias simplificadas e desorientado pela invenção de tradutores fáceis, atribui a este nome a origem: PACA-ETÁ — com a significação de "lugar ou viveiro das pacas", versão essa que, para o bom observador ou para quem quer que, sem conhecer um pouco da língua brasílica, conheça, entretanto, ou pratique a arte venatória, não passa de engano muito comum neste assunto, visto que, antes de mais nada, as pacas, esses graciosos roedores brasileiros, não frequentam os lugares paludosos e cobertos de águas salobras, como era outrora o chão do Paquetá santista, a estender-se da Ponta do Camarão onde entrava o riacho dos Soldados ou do Caldeireiro, até a atual Vila Nova, seguindo para além, até próximo aos Outeirinhos (desmanchados pela Docas para aterro dos lugares que ocupou com seus armazéns)".

Diz mais o historiador: "Os roedores em apreço, dos quais pretenderam fazer derivar a denominação Paquetá, frequentam apenas as águas doces e limpas dos rios, lagos e cachoeiras, situados junto às matas onde mantêm suas tocas". Conta ainda que a verdadeira etimologia da palavra Paquetá é PAÃ-IQUÊ-TÃ, por contração: PÃ-QUE-TÀ, que, com o tempo e por evolução, se tornou PA-QUE-TÃ. E explica: "PAÃ — atolar; IQUÊ — lado, costado; e TÃ — apócope usual de TATÃ — duro, forte —, significando: lugar de atoleiro forte, mais forte do que em outros lugares da ilha habitável". Como prova, Francisco Martins dos Santos estampa à página 108 uma fotografia que mostra o Paquetá do século passado, onde se vê o rio dos Soldados, "parte do Paquetá onde hoje fica o Mercado Municipal com sua bacia". Ao fundo, vê-se o cemitério Protestante ou dos Ingleses, obra de 1840, área que "era, verdadeiramente, um pantanal forte e extremamente pegajoso".

Desse Paquetá, no entanto, não pretendo escrever — tarefa tão difícil e que melhor caberia a um historiador meticuloso. Prefiro escrever do Paquetá dos anos 50 e 60 porque o vivi. E deixar também aqui transcritas minhas lembranças de um tempo que, muitas vezes, não vivi. Mas, para isso, nesta tentativa de reconstrução do Paquetá, vali-me da colaboração espontânea de Orlando Veríssimo, Nego Orlando, mestre da malandragem, bom no taco e no carteado, que, durante tantos anos, povoou e ainda povoa a noite de Santos. E, se não relato a história completa de Nego Orlando, é apenas para não desluzir os demais. Além disso, sei que ele merece quem lhe escreva um livro inteiro, dedicado a sua vida de aventuras. Portanto, quando me refiro a Nego Oswaldo é óbvio que me lembro sempre de Orlando, o que, porém, não significa que as histórias sejam reais. Quase dois metros de altura e valentia, a cabeça luzidia, bailarino exímio, leão-de-chácara do *taxi-girls Samba-Danças*, Nego Orlando, o negrão do Saboó, foi uma espécie de protetor das mulheres dos cabarés e da noite do Paquetá. De gênio rebelde, bastava-lhe apenas um olhar mais desafiador para motivar uma briga. E na briga o cais nunca viu ninguém mais ágil do que Orlando, bom na capoeira, na pernada, na navalha, no tiro, no soco e no muque, como diziam naquele tempo. Ainda hoje, pai de cinco filhos e avô de sete netos, fazendo ponto nas casas de carteado do Gonzaga, bebericando com os amigos no *Atlântico*, Orlando é um braço respeitável, embora prefira as conversas amenas, as histórias da velha noite de Santos.

Enquanto escrevia estas linhas, não foram poucas as vezes que recordei antigos moradores do beira-cais: o velho Bahia, foguista aposentado — mais tarde, apenas o zelador do prédio do Sindicato dos Foguistas, que ficava no Largo Theresa Christina e hoje não existe mais —, sábio homem do mar, anarquista da velha cepa; Braz Aguiar, homem do interior perdido no cais de Santos, que sempre durou pouco em seus empregos porque nunca foi de se curvar aos poderosos e ainda hoje pode ser encontrado na noite do Paquetá; Plínio Giancotti, vagabundo velho do cais de Santos que nunca quis saber de trabalhar e levou a vida inteira na preguiça, entre uma falsificação e outra; Geralda, pobre demente que tantas noites esquentou o corpo de Plínio e passava seus dias a cheirar vidros de éter e a sonhar com um filho que tinha perdido no mar; de meus amigos de infância — um deles de apelido Pingola —, alguns já mortos pela violência da vida, outros entre os frios muros das prisões; de um negro velho, escultor, que habitou o casarão do Largo Theresa Christina, hoje transformado em hotel de curta permanência; de tantos outros que a memória indecisa recorda apenas por instantes.

Não pretende este livro uma imagem de histórico. Longe disso. Ao escrevê-lo, procurei apenas recolher histórias e inventar outras. De qualquer modo, estas histórias são do tempo em que os trabalhadores do cais ainda saíam aos gritos pelas ruas e os malandros, os moleques e as putas faziam do lugar um refúgio em sua luta pela sobrevivência. Não sei se obtive êxito, mas a minha intenção nunca foi a de transformar esses personagens — trabalhadores, moleques, vagabundos e putas — em figuras épicas, como já o fizeram alguns visitantes ocasionais. Sei bem que todos éramos apenas pobres-diabos, que ali estávamos somente porque a vida não nos havia aberto suas portas.

O Paquetá, hoje, é um vasto território que começa nos lados do Mercado — a rampa com suas catraias carregadas de gente e bananas, local onde existia o rio dos Soldados —, avança pelo cemitério do mesmo nome, que só abriga túmulos luxuosos, abrange os muros amarelados e descaiados do *Moinho Paulista* — entre esses muros e o cemitério jogávamos bola, pilhávamos, à noite, marinheiros bêbados, roubávamos as oferendas aos exus —, passa pela Rua João Otávio dos cabarés, da casa de águas, atinge a Rua General Câmara, do *Old Kopenhagen*, do *El Moroco*, do *Chave de Ouro*, do *Estrela da Manhã*, do *Samba-Danças*, do *Gambrillas* e do *Salão Azul*, do *México* e do *Monte Serrat*, cabarés armados em sobradões, alcança as Ruas João Pessoa, Amador Bueno e da Constituição, e confunde-se com o Golfo, lá adiante, junto ao cais, lugar de morte certa. Os casarões escuros com altos umbrais e longos corredores, que antes abrigavam as famílias pobres que não haviam acompanhado a fuga da burguesia, anos antes, para as praias, hoje estão transformados em movimentados puteiros, com homens e mulheres amontoados em seus corredores, entrando e saindo, abrindo e fechando as portas dos muitos quartos. Nessas ruas, hoje, onde os velhos bondes já não mais correm, o cabaré *Imperial* não existe mais, o velho bar *ABC* foi demolido, as picaretas dos homens da prefeitura vão destruindo os antigos armazéns de café da Rua General Câmara para dar passagem a uma longa avenida, o cabaré *Volga*, das bailarinas estrangeiras, desapareceu; o *Café D'Oeste* mudou para outro lado e não recebe mais os malandros de terno de linho branco e vinco perfeito, mas ainda há um ar de mistério, como se o território fosse governado por outras leis, por um código de honra inexistente em outros lados. Essa impressão me vem de um instante da infância: em uma esquina, ao final de uma tarde, dois malandros encontram-se, um saca a peixeira, outro o punhal, rodeiam-se, estudam-se, volteiam-se como leões, até que surge um risco no ar, a peixeira voa longe, cai nas pedras da rua, o barulho abafado pelos gritos dos homens ao redor, um malandro, perdido, pensa em fugir, mas a roda de povo fecha o cerco, o malandro tenta correr, bate contra os assistentes e é empurrado de volta ao centro da roda, para cima do outro que lhe enfia o punhal várias vezes e urra como um animal. Lembro-me como se fosse hoje: a peixeira do malandro morto caiu aos pés de meu pai, que pisou o seu cabo, prendendo-a ao chão. Só mais tarde, quando o sangue do malandro já escorria na rua, ele recolheu a peixeira e trouxe-a para casa: era um longo pedaço de aço, brilhante, a ponta afiada, o cabo de madeira — esse instrumento ficou durante anos perdido num baú em minha casa e já nem sei que fim levou, mas recordo sempre: brincava com a peixeira na mão, segurava em seu cabo, pensava sobre o que sentia um assassino ao empunhar aquele pedaço de aço que parecia adquirir vida ao contato humano.

Desse Paquetá quero escrever, sem restrição, o que sei. Desse Paquetá, hoje retalhado pelas máquinas, invadido à noite pelos rapazes-família, açoitado pelos policiais, e transformado em nome pejorativo: *Boca do Lixo.* Assim dizem os jornalistas, esses imbecis que pensam poder mudar o mundo com palavras, mas que apenas defendem interesses alheios. Nós, os daquele tempo, sabemos que, se hoje o beira-cais é quase conhecido apenas pelo nome de *Boca*, deve-se a um maldito portenho que, um dia, desembarcou aqui e achou de comparar este pedaço de porto com o bairro de *La Boca*, de Buenos Aires. Mas igual a este beira-cais, como dizem os velhos marinheiros, não existe lugar em outra parte do mundo. Aqui é onde as mulheres das ruas já não brigam mais por causa da traição do amante, mas porque a outra lhe roubou o freguês; onde os moleques, vira-latas da madrugada, percorrem a noite inteira em busca de um otário, roubam os bêbados caídos nas calçadas, dormem com os pederastas e vivem de pequenos furtos; onde a piranha malandrinha ensaia um abraço casual na rua ao comerciário despreocupado e lhe leva a carteira, sem ninguém perceber; onde os pretos esfarrapados se deitam nos vãos de porta e dormem com o cuspe grosso de cachaça escorrendo no canto da boca e sonham com a família que não tiveram e com a moça loira que anuncia *Coca-cola* num *out-door* — isso é que é! —; onde as meninas-família passam com o carro do pai, curiosas, olhando da rua para dentro dos cabarés, mas com medo de entrar, e abaixam-se ao pressentir algum conhecido; onde o trabalhador da estiva, que antes parava no *Estrela da Manhã* para uma cerveja gelada, passa agora direto para o ponto do ônibus, com o dinheiro contado; onde os bêbados esperam a madrugada para sair cambaleando e chutando as latas de lixo e aceitam qualquer convite de mulher mesmo sabendo que serão pilhados nos quartos imundos dos sobradões; onde os marinheiros nórdicos costumam fazer arruaças e, invariavelmente, são atirados porta afora das boates; onde as pessoas têm a cor do rosto amarelada, pálida, os olhos fundos, o cabelo ensebado, a pele macilenta como a dos jogadores de sinuca.

Eu era muito pequeno, quando algumas destas histórias aconteceram. Mas, enquanto as escrevia, ouvi vozes. Vozes de pessoas que já não mais estão entre nós — perdidas por aí, por esse mundo imenso, numa cova rasa e sem lápide, ou no fundo do mar. Em nenhum momento, procurei ser factual. Neste livro, o tempo não existe, os acontecimentos se confundem, as datas são esquecidas. São essas vozes, que sempre estiveram comigo em minhas andanças — quando inutilmente tentei aprender falsas sabedorias —, as minhas recordações. Por isso, estas histórias não são minhas, humilde repetidor de casos do beira-cais. Estas histórias são desses homens fortes e fracos, crentes e descrentes, marginais que caminham por estas páginas em busca de justiça.

Beira-cais

SEGUNDA PARTE

CAPÍTULO I

OS VELHOS manguaceiros do cais de Santos, que não arredam pé dos balcões e vivem apenas para observar o cotidiano, contam que, naquela manhã — uma manhã de nuvens baixas, mas igual a todas, em que as coisas tinham o aspecto de sempre —, o moleque Pingola foi visto saindo do *Hotel Arouca*, no começo da Constituição, próximo ao armazém seis das docas, acompanhado de uma mulher, quase menina, que, por certo, era Sula. Contam que os dois entraram no *Estrela da Manhã* e pediram café e pão, mas quem pagou foi a mulher, ao tirar um chumaço de notas do sutiã. Contam que o moleque Pingola, após comer, abraçou a moça, deu-lhe um beijo rápido no rosto, agarrou-a pela cintura e saiu embora, atravessando a rua em direção à casa de madame Sílvia.

Assim contam os velhos manguaceiros do beira-cais que tudo sabem e veem. E não há por que duvidar, pois todos lembram muito bem desse dia, uma manhã nublada em que o mundo parecia ter perdido todas as cores. Lembram desse dia com uma incrível precisão porque logo após o moleque Pingola, acompanhado da mulher, ter deixado o *Estrela da Manhã*, apareceu o malandro Sarará, que trazia nas mãos uma pequena caixa embrulhada.

Gaspar Rosa, motorista de praça, alto e forte como um touro, que nunca tivera uma desavença no cais, estava apoiado no balcão do *Estrela da Manhã*, conversando com o garção, enquanto bebia o café matinal. Embora no cais afirmassem que Gaspar Rosa havia sido campeão de lutas marciais na academia da polícia marítima, ninguém podia falar dele como brigador porque nunca o tinham observado em ação. Como falava pouco, nunca ninguém soube ao certo se Gaspar Rosa, antes de motorista de praça, havia sido policial — mesmo assim, alguns diziam que tinha sido expulso da polícia marítima por indisciplina, mas muitos duvidavam, pois ninguém lembrava de tê-lo visto com a aquela roupa azul amarrotada e aqueles cassetetes tipo pé de mesa. Pois foi esse Gaspar Rosa quem o malandro Sarará — rapazola ainda, filho da piranha Dona Teta, mulher de cinquenta anos de *Boca* e putaria —, naquela manhã, procurou para oferecer uma pequena caixa. Mas, de imediato, ainda próximos ao balcão, ambos se desentenderam. De forma ousada e agressiva, o malandro Sarará, bicho ágil e encrenqueiro, passou a insultar Gaspar Rosa sem motivo aparente. Contam que o motorista ainda tentou dialogar, mas acabaram trocando socos e pontapés. Na porta do bar, ficaram agarrados durante um bom tempo, trocando socos no baço, enquanto uma roda de povo começava a se formar. Como levava desvantagem na briga, o malandro Sarará saiu correndo, mas ainda encontrou tempo para ir ao balcão apanhar a pequena caixa. O motorista tentou alcançá-lo, mas o malandro Sarará, canelas finas, conseguiu escapar aos saltos rumo à zona do Golfo. Os velhos manguaceiros lamentaram apenas que Gaspar Rosa estivesse sozinho, àquela hora, no ponto de táxis, pois, se os outros motoristas também estivessem por ali, com certeza, teriam se juntado para acabar com o malandro Sarará.

Horas mais tarde, ainda naquela manhã de nuvens baixas, como contam os velhos manguaceiros do beira-cais, o malandro Sarará voltou ao *Estrela da Manhã* trazendo a mesma caixa nas mãos. Mostrava-se muito agressivo e descontrolado e dizia palavrões aos homens e mulheres que ocasionalmente passavam à frente do botequim. Depois de algum tempo, Sarará foi bar adentro até uma das mesas onde estava o bicheiro Cabeção, lápis na mão, anotando números em pequenas tiras de papel de maço de cigarros. Desta vez, de maneira educada, Sarará conversou com Cabeção, que, numa voz de sarcasmo, lembrou-lhe que Gaspar Rosa ainda poderia estar por ali. Sarará fez que não ouviu e desembrulhou a pequena caixa, tirando dela um requintado vidro de perfume. A princípio, Cabeção permaneceu de cabeça baixa, fazendo as anotações, enquanto Sarará insistia em oferecer o vidro de perfume. Até que Cabeção se irritou — as suas bochechas de velho ficaram vermelhas — e, sem medo, começou a enfrentar Sarará.

Cabeção se sentiu capaz de tudo: talvez tivesse pensado que Sarará iria se acovardar como fizera com Gaspar Rosa. Mas não. Sarará ficou como louco, gritava palavrões. E, para que se agarrassem, não foi preciso muito. Mas, exausto, o velho Cabeção não resistiu mais do que alguns segundos. Cego de ódio, Sarará começou a distribuir socos e pontapés no corpo cambaleante de Cabeção que, sem resistência, esbodegou-se no chão. Mesmo assim, alucinado, Sarará continuou a dar chutes, principalmente no peito de Cabeção, no coração. Em seguida, passou a pisar a cabeça do velho bicheiro, aos gritos loucos de "Cabeção, Cabeção!"

Apesar disso, ninguém ousou desafiá-lo. Todos que assistiram ao massacre apenas se limitaram a acompanhar a fuga de Sarará, que, em passos lentos, recolheu o vidro de perfume, colocou-o na pequena caixa e saiu refazendo o embrulho novamente em direção ao Golfo. Só então os homens começaram a socorrer Cabeção. Contam que o velho bicheiro, depois de erguido com a ajuda de várias pessoas, caminhou com passos inseguros até uma cadeira, deixando a falsa impressão de que os golpes não lhe tinham feito mal maior. Com um olhar parado, Cabeção se levantou e sentou-se numa mesa de mármore. Tinha os olhos vidrados e se dispôs a morrer: foi caindo lentamente, sem que ninguém o amparasse, até que se esparramou no chão, sem vida.

Dias depois, o malandro Sarará amanheceu varado de balas numa rampa do Mercado. Contam que teria sido morto por velhos amigos do bicheiro Cabeção, muito considerado no cais, homem incapaz de fazer mal a uma mosca. Mas há quem diga que foi a polícia, que tinha em Cabeção um dos melhores contribuintes. Assim contam, mas a verdade é que ninguém esquece aquela manhã nublada porque, desde então, o marítimo Marambaia assumiu o posto de Cabeção. Recolheu as tiras finas de papel de maço de cigarro, anotou os palpites dos fregueses habituais e passou a bancar o jogo naquela região, estendendo o seu domínio por todo o Paquetá.

Foi, pois, nesse dia, como contam os velhos manguaças do cais, que o moleque Pingola entrou pela primeira vez na casa de madame Sílvia, em companhia da mulher nova, que ninguém ainda conhecia por aqueles lados. Desde então, muitas vezes o moleque Pingola voltaria à casa de madame Sílvia — quase sempre ao final da noite para buscar a mulher e levá-la embora.

Naquele mesmo dia, ao saber disso — à noite, quando as nuvens negras do dia já haviam se transformado em chuva e vento de destruição —, o marítimo Marambaia, sentado à última mesa do *Estrela da Manhã*, comentou, em tom de brincadeira, com um ar de deboche, que, em breve, Pingola estaria fazendo concorrência a Jaburu, antigo gigolô da beira do cais, que ficava horas e horas no balcão do *Bar Papagaio*, acompanhando o vaivém de suas mulheres na esquina de Constituição com General Câmara. Eram três mulheres — e para cada uma, Jaburu tinha uma caixa de fósforos, que, ao início da noite, esvaziava. Os palitos ficavam no bolso da camisa, as caixas nos bolsos fundos das calças: cada vez que uma de suas mulheres subia a escadaria do casarão levando um freguês, Jaburu colocava um fósforo numa das caixas. Ao final da noite, não havia o menor erro: Jaburu sabia ao certo quanto tinha de receber.

Contam os velhos manguaceiros que a referência a Jaburu fez o moleque Pingola sorrir.

Malandro Sarará varado de balas

CAPÍTULO II

SULA entrou com passos vacilantes na casa. Braz, o porteiro, fez uma breve saudação ao abrir a porta para que ela entrasse. Sorriu, já a conhecia: naquele dia, pela manhã, tinha visto quando ela, acompanhada do moleque Pingola, viera pedir emprego à madame Sílvia. O jeito amigo de Braz a fez menos insegura, mas, ao levantar os olhos para subir os quatro degraus da escadinha de madeira, tremeu de medo. A luz quebrada do corredor, a fileira de homens encostados na parede, tudo aquilo a assustou. Estava cansada e os sapatos, tão altos e com os bicos tão estreitos como nunca havia usado, apertavam-lhe os dedos e faziam doer os calcanhares. À tarde, estivera fazendo compras com o dinheiro que madame Sílvia adiantara: esmalte, batom, dois vestidos. Saíra da loja com aqueles sapatos e estivera zanzando pela cidade para acostumar os pés. Arrependia-se.

Diante do corredor imenso, cheio de portas que se abriam e fechavam engolindo homens e mulheres, parou. Teve medo, sem saber a razão. Teve medo daquelas caras que a olhavam: rostos tristes, mesmo aqueles que sorriam, uma tristeza como a sua que, agora, escondia-se por trás de uma berrante máscara de pintura. Eram rostos que a olhavam com desejo, que a miravam de alto a baixo, como se fosse um animal. De repente, o sentimento de tristeza foi substituído por pena: teve dó dos homens que precisavam procurar aquelas casas. Viu um gordo, de paletó e gravata: identificou nele uma história que Pingola havia contado — os homens que vinham à casa de madame Sílvia fazer o que não faziam com suas mulheres, as esposas, como diziam num tom respeitosamente hipócrita.

Ficou ali parada como uma tonta, assustada, até que uma

das meninas de madame Sílvia veio buscá-la. Foi Rosália quem veio recebê-la para levá-la até madame Sílvia. Ouviu Rosália falar algo, mas não compreendeu: a música da vitrola tremendo no ar confundia-se com as vozes dos homens e as risadas das mulheres. Percebeu o murmúrio dos homens, os olhos ávidos acompanhando seus passos. Madame Sílvia estava no fundo da sala, encostada a uma mesa de escritório, conversando com uma mulher madura, de maquilagem forte, que tinha nas mãos um molho de chaves. Viu que outra mulher se levantou de uma mesa próxima, acompanhada por um rapaz de barba, chegou perto da mulher de maquilagem forte e pediu uma das chaves. Percebeu a mulher perder-se numa das muitas portas do longo corredor, seguida pelo rapaz barbudo. Madame Sílvia, segurando no colo um gato angorá quase sem pelo, sorriu:

"Chegou tarde, menina", disse, num gesto de censura.

Então, Sula lembrou-se da discussão que tivera momentos antes com Pingola: a determinação de buscar homens e voltar com dinheiro, de aceitar as ordens de madame Sílvia. A ideia de que teria de enfrentar muitos homens numa só noite ameaçava tocar seu coração, causava-lhe um calafrio. Ainda tentou convencer a si mesma: não seria melhor sair às ruas e escolher um passante menos asqueroso do que aquele gordo de paletó e gravata que observara ao entrar? Mas Pingola, bondoso, que já fizera muito em tê-la recolhido do relento do cais, dizia que não: lá, na casa de madame Sílvia, teria toda a segurança; andar nas ruas em busca de homens era mais perigoso. Ela aceitou.

Sorriu para madame Sílvia como desculpa. Também não saberia o que dizer; não poderia explicar que ficara horas e horas discutindo com Pingola, indecisa diante da nova vida. Não tinha experiência, tivera poucos homens: aquele que a desgraçara e, agora, Pingola. De bigode fino, paletó elegante, cara de diabo, era um caixeiro-viajante que, de tempos em tempos, aparecia em Boracéa, a pequena vila de pescadores onde ela nasceu. De mês em mês, o diabo aparecia por lá, com aquele jeito de falar depressa e prometer tanta coisa. O diabo ficava sentado à mesa do bar, a última casa da vila, bebendo cerveja e fumando a olhar o fim da tarde, o começo da noite. Naqueles dias em que passava na vila, o diabo ficava ali para vê-la passar, com um chapéu de palha abandonado contra a nuca, a cadeira equilibrada em dois pés. Ela vinha da escola e tinha sempre de passar por ali: e, naqueles dias, ele ficava ali para olhá-la, com seus olhos pequenos e tristes que pareciam ler os pensamentos dos outros. Foi que, um dia, o diabo se levantou sem fazer barulho e começou a caminhar encosta acima, atrás dela, pelos arbustos. Ela tentou fugir, escapar pelo mato, fugir para casa, mas o diabo era ligeiro e tinha uns olhos miúdos e hipnotizadores. Ela correu, mas, junto à cascata, o diabo a alcançou. Sentiu a mão pesada a segurar-lhe o braço e atendeu ao diabo: deitou-se no mato. Então, o diabo se inclinou, se ajoelhou, falou algumas palavras bonitas e ela, que queria gritar, se sentiu encantada pela voz doce do diabo. Dos olhos miúdos do diabo parecia sair fogo, mas a voz era suave, como nenhum rapaz da vila tinha. Quando a notícia correu o povoado levada pelo dono do botequim que vira quando o caixeiro-viajante saíra atrás dela, Sula ainda tentou convencer o pai: o diabo voltaria, prometera casamento. Esperou trinta dias que, de mês em mês, o diabo voltava à vila. Esperou dois e, ao terceiro mês, foi atirada fora de casa pelo pai. Então, veio para o cais de Santos à procura de Milena, que também, há anos, saíra de Boracéa por motivo semelhante.

Agora, estava ali, sentada à mesa. Ouviu, com um sorriso forçado, a recomendação de Rosália: "Vamos, menina, anime-se." Então, ergueu a cabeça, olhando a grande sala, o ar cheio de fumaça, com as sobrancelhas arqueadas e uma promessa de sorriso ao homem que lhe fosse mais agradável. Rosália percebeu o olhar de Sula:

"Aqui não se escolhe nada, menina. São eles que escolhem a gente, qualquer um. Não se pode recusar ninguém. Ordem da casa!"

Rosália, pequena, movia-se irrequieta na cadeira, cumprimentava homens que passavam num andar lento. Encostados na parede, muitos homens apenas observavam: um tinha uma cara larga e testa grande, outro era comprido, jeito de índio, cabelo muito preto e liso. Faziam sinais com os olhos, as sobrancelhas. Rosália percebeu:

"Não dê confiança. Esses ficam aí a noite inteira. Estão sempre duros, querem sempre regatear no preço. Só quando o dia está muito fraco é que alguma das meninas se aventura a ir com um deles. Mas sempre acaba dando confusão. Nunca querem pagar o combinado, às vezes, nem dinheiro têm. Com esses, peço adiantado. Não arrisco. Depois que já gozaram, não adianta nada o leão-de-chácara bater neles..."

Rosália era morena e falava depressa, sorria com dentes muito pequenos, sacudindo o cabelo, agitada, marcando com a mão na mesa o compasso do samba-canção, a voz forte de Nelson Gonçalves:

Boneca de trapo, pedaço da vida,
que vive perdida no mundo a rolar.
Farrapo de gente, que inconsciente,
peca só por prazer, vive para pecar...

Com Rosália, Sula aprendia os modos: mascava chicletes para manter o hálito sempre agradável, mordia nervosamente, também agitada, olhando rápido para os lados, buscando os homens que aparentavam ter mais dinheiro. Todos olhavam para ela, mas tinham receio de se aproximar: talvez fosse cara demais. Sula não entendia como os homens não se aproximavam. E aqueles poucos que tentavam sentar à mesa, Rosália enxotava. Foi quando viu um homem gordo que conversava com madame Sílvia e bebia cerveja.

"É esse", disse Rosália. "Madame quis guardar você para esse. É o melhor freguês da casa, o melhor!"

Então, Sula viu quando o homem gordo se aproximou da mesa e avançou com um copo de cerveja e tinha uma expressão gentil, enquanto com os dedos da mão esquerda arrumava o nó da gravata. O homem a olhava com uma cara bondosa, tão bondosa que Sula lembrou de seu pai quando a levava para passear pela praia de Boracéa. Mas viu também que o homem tinha olhos miúdos e tristes que pareciam de fogo como os olhos do diabo.

CAPÍTULO III

NA PRAÇA cercada de sombras, três vultos se movimentam. Os rostos fechados, olhando para baixo. O vento nas árvores. Adiante, o Paquetá aceso, horas adiantadas. Três mãos estendidas, fechadas, guardando segredos; as outras para trás, escondidas. O jogo da porrinha seguindo solto, sem pressa.

Cariri sorri, muitas rodadas sem perder: cai fora sempre logo na primeira. Os olhos espertos acompanham o mexer das mãos dos companheiros. Gabriel de punho cerrado como se fosse dar um soco, com raiva. Pingola com a mão fechada encostada no rosto, na boca, roendo a unha do polegar direito. Esperam o tempo passar. Cariri abre a mão, mostra a palma branca de negro: dois palitos. Os outros também abrem, contam. Cariri dá um sorriso, recolhe o dinheiro. Convida:

"É melhor a gente dormir um pouco. Ainda é cedo. Na hora a gente acorda".

"E você tem despertador por acaso?", diz, irritado, Gabriel.

"Não, mas a gente pede para as almas acordar. É batata. Na hora, a gente dá um pulo como se alguém desse um empurrão. Pode crer."

"Ô meu irmão, corta essa que não dá pedal. Esse negócio de espírito é grupo", diz Pingola.

"Não duvide, camaradinha", recomenda Gabriel.

"Qual é, meu? Você não bota fé?", pergunta Cariri.

"Não boto. E digo mais: o que existe é o que se vê. O resto é zoeira, coisa inventada para enganar o povão. Escuta aqui, meu, eu digo porque sei, o Marambaia me falou", diz Pingola. Os outros se calam, aceitam. O nome de Marambaia impõe respeito.

"Mas como a gente acorda na hora mesmo?", indaga, intrigado, Cariri.

"O Marambaia me falou: a gente se obriga a acordar naquela hora. É a gente mesmo. Não é alma porra nenhuma."

"Não entro nessa. Pode falar e tal, mas não entro. Fico na minha", diz Gabriel.

"Eu também não quero saber disso. Acredito e acabou", fala Cariri, enquanto se afasta.

"Ê, parceiro, onde vai? O jogo não acabou", aperta Gabriel. Cariri volta: pensava que os outros tinham desistido. Estava com um bom dinheirinho no bolso, seria bom parar por ali. Mas os outros não são zé-manés, querem a forra. Procura os palitos no chão.

"Vamos lá, vamos ver se vocês ganham alguma", diz, com desprezo.

"Que nada, bunda-mole, você está com sorte hoje", desafia Pingola.

"Tá legal. Vocês é que são os bons: se cansam comendo a bunda desses veados daí e, depois, vêm me trazer a grana aqui no joguinho", sorri Cariri.

"Porra, nem conto!...", grita Gabriel, lembrando um caso. Depois, calcula as palavras. "Vocês não sabem o que me aconteceu. Foi do caralho, o negócio. Nunca entrei numa fria tão grande. Vou até largar esse troço..."

"Diz logo, cacete!", reclama Cariri.

"Vocês não sabem... Nós fomos, eu, os caras do Saboó, até o *Cine Guarani*, ontem à noite. Estamos lá. Todo mundo se espalhou à cata dos veados. Todo mundo duro, sem um puto no bolso. Aí eu fiquei sozinho; de repente, pintou um cara do meu lado, começou com aquela sacanagem. Eu entrei. Fiz o preço. O cara concordou. E saímos do cinema. O cara era grande, sem muita pinta de veado. Mas eu fui. A grana era boa. Pedi adiantado."

"Eu não entro nessa", interrompe Cariri. "Comigo só mulher."

"Deixa ele falar", pede Pingola. E Gabriel:

"Aí fomos andando pela linha do trem, lá para o Saboó. Ali

na *Maria Patrícia*, o cara parou. Olhou um terreno baldio e falou: vai ser aqui. Eu fui. Ele se agachou e, quando eu estava colocando o pau pra fora, vi o brilho da navalha. Uma navalha, meu! Eu quis me mandar, mas o cara me segurou, riscou a navalha no ar, na minha cara. Eu parei. Ele falou: — Me devolve a grana. Devolvi. Aí ele disse: — Desça as calças. Eu fiquei gelado, porra. — Tu vai aprender, malandro, ele disse. E começou a desabotoar as calças. Foi aí que eu corri. O cara vacilou e eu me mandei. Ele saiu na minha captura, pelo mato. Então, saltei o muro, dei na rua e vi, lá longe, uma pá de gente. Era o pessoal do Saboó. Corri. Eles estavam voltando do *Guarani* e, então, contei o caso. Pulamos o muro da *Santos-Jundiaí*, juntamos pedras. O malandro, o tal da navalha, havia desistido de me procurar, vinha pela calçada, devagar. Foi então que eu pulei sozinho na calçada e gritei: — Vamos ver, agora, valentão, falei. Os outros estavam escondidos. Aí o malandrão puxou de novo a navalha. Então, vieram as pedras dos camaradinhas do Saboó. Um bocado de pedra. O melado começou a correr da cabeça do cara, ele escorregou e eu ainda apanhei ele com um chute. Os camaradas caíram em cima. Demos muito nele. Ficou estendido lá."

"Não deu sujeira?", pergunta Pingola.

"E vai dar? Ninguém viu. Só sei que não entro mais nessa. Agora, só mulher. Quando estiver a perigo, melhor botar o berro no peito dos irmãos", diz Gabriel.

Passa a mão nos cabelos despenteados. Cariri pensa: "Essa vida é um perigo, a morte está em qualquer esquina à espera". Quer largar aquela vida. Nunca se acostumara. Desde quando fugira do orfanato para descobrir a cidade. A mãe nunca soube quem era, o pai muito menos. Crescera ali na companhia dos vagabundos velhos, dos outros moleques. Foi ali naquela praça que começou a jogar bola, aprendeu a dominar o jogo. Até que foi fazer um teste no time do Pelé: ficou. Agora, sonha em ser profissional de bola, viajar, conhecer o mundo, ter o rosto desenhado na primeira página do jornal, nas figurinhas de álbum. Entre uma rodada e outra do joguinho, luta com os pensamentos. Procura fugir dos sonhos, brinca com Gabriel:

"Fugiu da raia? É bom para você aprender. Eu queria que o cara te arrombasse."

"Que que há, meu?", estrila Gabriel.

O negrinho Louva-Deus vem chegando, devagarinho, sorrindo. Dos quatro é o único que ainda tem alguém, a mãe. Mas volta e meia se manda de casa, briga com a mãe. Gabriel e Pingola o levam de volta para casa, aconselham a mãe a não mais bater nele. A mãe concorda, o moleque promete, um dia, sair de casa e não voltar mais. Mas só promete, leva a mãe na conversa.

"Vamos ter que aguentar aqui até o cu da madruga?", pergunta o negrinho. "Vamos lá resolver logo essa porra. Tanto faz ir às quatro como ir agora", diz.

"E que horas são?", pergunta Gabriel.

"Três", fala o negrinho. "Vi lá no relógio do *Estrela.*"

"É, acho bom a gente dar uma chegada no pedaço. Ver o ambiente", sugere Cariri, que quer acabar logo com o joguinho, enquanto está ganhando. Mas Gabriel não desiste fácil:

"Que nada. Quero recuperar a grana que perdi neste jogo", diz.

"Outro dia. Hoje não. Hoje o vagabundo aí tá com o rabo largo", diz Pingola, apontando para Cariri.

"Então, vamos", concorda Gabriel.

Caminham, passam pelo *Estrela da Manhã*, avançam em direção da *Açucareira.* As paredes claras do *Moinho Santista* se destacam lá longe, no fim da rua, próximas ao cais. Caminham. Na rua, ainda passa muita gente, algumas putas querem agarrar os homens de qualquer jeito. Louva-Deus mexe com uma, ouve um desaforo, ri. "Sai pra lá, pivete", a mulher grita. "Você não tá com nada. Tua bola tá deste tamanhinho", diz, fazendo um gesto com a mão direita. Sorri. "Não tá arrumando nem pro café, hein, malandra?", brinca.

Mais adiante, Gabriel para no fim da rua. Olha para os lados. Encosta no portão de ferro de uma casa velha. O botequim do outro lado da rua está aberto, algumas putas teimam naquele lengalenga a noite inteira. São os olhos da noite, veem tudo; depois dão o serviço para os ratos. Gabriel sabe disso. Disfarça. Força a fechadura enferrujada com a chave de fenda. A porta range, está aberta. Vão embora, para a outra esquina. Depois, Louva-Deus volta sozinho. Ninguém o observa. Dá um tranco no portão, assusta-se com o ranger de ferros. Mas vai em frente. Entra na casa, avança pelo corredor aberto. Está tudo planejado: vai subir pela parede da casa, entrar pelo telhado, sair no bazar ao lado. Depois, só resta abrir a porta da frente para que os outros entrem. O negrinho sabe que aquela é a tarefa mais difícil; o resto é fácil, é só limpar o bazar. Mas não tem medo, nem reclama. É o menor de todos, para ele é fácil entrar por vãos apertados.

Vai, abre a porta da frente, tira a trava. Ouve o bater baixinho de uma pedra na porta de folha de zinco. É o sinal. Deixa a portinhola de folha encostada. É só empurrar. Espera pelos amigos — provavelmente, eles aguardam que o movimento na rua desapareça, um momento em que as putas do botequim da frente não estejam olhando. Cariri é o primeiro a entrar. Dentro, o escuro. Tira uma vela do bolso, acende.

"Rapaz, vai dar um dinheirão!", não consegue dominar a surpresa.

Logo, entram Pingola e Gabriel. Cariri sente o coração bater de um modo louco, mas não reclama. Sabe que é preciso calma. Com a vela vai iluminando os cantos do bazar, os brinquedos, as roupas, os quadros de asas de borboletas que só os marinheiros compram. Um grito na rua deixa os quatro estáticos, parados. Pingola, por fim, murmura: "Não é nada. Não é com a gente". Tinha aprendido, tempos atrás, a dominar o medo, a ser forte quando todos fraquejam. Lembra os conselhos de Marambaia: passar por morto quando todos o imaginarem vivo e ressuscitar quando todos o tomarem por morto. "Vamos trabalhar", sussurra Pingola.

Tateia na penumbra. Chega próximo à caixa registradora: está aberta.

"Tem grana?", pergunta Gabriel.

Pingola mergulha a mão na gaveta: "Uma nota! Mais de duzentos paus", diz.

Louva-Deus vem do fundo do bazar, traz um vestido verde. Diz, colocando o vestido à sua frente: "É pra velha, pessoal".

Sorriem. Gabriel força a vitrina onde há algumas bugigangas. Pingola tem a atenção desviada para cima de uma prateleira. Um violão.

"Esse aqui ninguém me tira", diz, baixinho.

"Oh, rapaz, isso é mancada. Quem é que não vai dizer que isso é roubado?", brinca Cariri.

"Vão pensar que sou cantor de boate", diz Pingola.

"Com essa roupa, malandro?", ri Gabriel.

"Vamos embora", diz o negrinho Louva-Deus, um fio de voz.

"Vai na frente ver se a barra tá limpa", manda Gabriel.

"A merda é que eu sou sempre o primeiro", reclama o negrinho.

"Vai logo. Deixa de onda, caralho", diz Pingola.

O negrinho abre um pouco a porta. Recua:

"Estamos fodidos. Tem gente pra caralho na rua", diz.

Os quatro se entreolham. Pingola não perde a calma. Olha para o teto. Pergunta ao negrinho: "Por onde você entrou?". O negrinho aponta com os olhos. "Dá para a gente passar por ali?", pergunta Pingola. "Dá", responde Louva-Deus.

O negrinho vai na frente: safa-se pelo vão entre o forro e o telhado. Os outros carregam os objetos roubados, um passa para o outro. "Se a gente for pelos telhados, vai sair na Xavier da Silveira. Lá não passa uma alma. Ninguém vê porra nenhuma", diz Gabriel. Uma explicação inútil. Todos sabem disso.

Quando sai no telhado, Pingola sente a brisa fresca da noite. Olha para longe, vê as luzes dos navios ancorados no estuário. Está feliz: a noite ainda vai demorar muito.

Pingola sente a brisa fresca da noite

CAPÍTULO IV

ABREM-SE as escotilhas, os paus de carga de bordo estão prontos e içam as lingadas de dentro dos porões, colocando-as sobre o convés de onde são retiradas pelos guindastes — negros gigantes cortando o ar — que as depositam sobre a pedra do cais. O vento joga as ondas violentamente contra o casco do navio, os homens protegidos com capas de chuva movimentam-se com rapidez.

Cariri e Louva-Deus aproveitam a estiagem para caminhar pelo cais. A chuva os tinha deixado encurralados no *Gold & Silver*, lá próximo à Santa Virgem. E, na falta do que fazer, haviam passado a tarde toda no cabaré ouvindo o ensaio de um conjunto de música. O encontro falhara: o vagabundo não tinha aparecido com a muamba. E eles, como otários, ali esperando, dando sopa para o azar: se o vagabundo tivesse caído nas mãos dos ratos, poderia dar de mão beijada o local da passagem da mercadoria. E os dois otários ali no *Gold & Silver* esperando, bem no local combinado, sem poder sair por causa da chuva forte, da água que enchia as ruas.

Mas a noite, por fim, começa a invadir a cidade, diminui a chuva, deixando lama por todos os lados. E para complicar mais, os bondes e os ônibus não passam mais.

"É a greve", diz Cariri.

"É. Eles fazem a greve e fodem com a gente", fala o negrinho Louva-Deus.

"Mas é o jeito. É o único jeito de arrancar mais grana dos patrões", lembra Cariri.

O negrinho se cala. Para ele, a greve é uma merda: não pode pegar carona no reboque dos bondes, tem de andar e andar por aquele cais todo, tomando chuva no lombo, amassando lama. E se a greve dos bondes durar muito, já sabe: os bombeiros vêm e substituem os motorneiros e os cobradores. Então, tudo fica mais difícil: os bombeiros são homens ágeis, vivos, não deixam ninguém viajar de carona.

Louva-Deus está com raiva. Mete os pés descalços numa poça deixada pela chuva. Cariri vê como ele afunda os pés na água e pensa em avisá-lo: pode haver algum caco de vidro, um pedaço de pau com prego no fundo da poça. Mas não: foda-se. Quando era moleque, também não tinha medo de nada, andava ao deus-dará, descalço. Agora, não. Usa sapatos grossos, bico largo, sola de borracha, como os marinheiros louros. Nem anda mais de calças curtas como o negrinho Louva-Deus. Prefere as calças *Lee* carpinteiro, bem largas, soltas ao vento. Já está um homem, começa até a ganhar dinheiro com a bola, no time do Pelé. É ainda juvenil, mas tem a promessa de que logo entrará no time profissional. Só não tem paciência de esperar. E, depois, já anda irritado com o diz-que-diz dos torcedores: todos sabem que ele foi criado no cais, que sempre foi assim, mas querem mudá-lo. Então, aquela preocupação o persegue: não cair nas mãos dos ratos, nem andar com maconha nos bolsos. Quando o convidam para uma puxada, dá uma, duas, mas logo abre fora. Tem medo: o futebol pode dar muita grana. Mas é preciso viver: e não pode recusar um serviço fácil como aquele de segurar muamba. E, para prevenir, levara o negrinho Louva-Deus com ele: qualquer perigo, colocava o moleque para correr com a muamba — quem iria segurá-lo?

Longe, os trabalhadores, que desistiram do serão, saem do cais e juntam-se em caminhões das docas, alguns vão mesmo a pé, atravessam o canal do Mercado, buscam as catraias do Itapema. Outros dão carona na garupa da bicicleta. A greve dos bondes apanhara-os desprevenidos. Cariri pensa que também eles deveriam entrar em greve: sem condução não dá para ir ao trabalho. E, além de tudo, é preciso solidariedade: quando um trabalhador entra em greve, todos devem entrar.

Cariri e Louva-Deus caminham em direção ao *Chave de*

Ouro: vão beirando as paredes amarelas dos armazéns, andam pelas calçadas altas, atravessam a Rua João Otávio em diagonal, escoram-se nas paredes das boates, abrigam-se sob as marquises. Um cachorro todo molhado, como eles, vai atrás, enrosca-se nas pernas de Louva-Deus, que lhe dá um pontapé. Chegam ao *Chave de Ouro*. Lá, na esquina, entre o bar e a barraca de frutas, um grupo comenta a notícia: Nego Oswaldo está solto.

"Caralho!", Cariri dá um grito. "Vamos para o *Imperial*, que o negrão vai aparecer por lá", diz a Louva-Deus.

"Eh, major", chama o negrinho. "Eu não entro lá, sou de menor."

"Que nada. Você tá comigo", fala Cariri, um sorriso de satisfação, a mão direita batendo de leve na cabeça do negrinho.

Cariri começa a falar, acende um cigarro. "Nego Oswaldo tem muito o que contar. Ele participou da rebelião na ilha Anchieta, ouviu falar? Quero saber como foi."

Dois homens ouvem a conversa. Um pergunta: "Você tem certeza de que o Oswaldo vai aparecer por lá?"

"Claro. O negrão deve estar doido para dançar. Depois, é capaz dele ir matar a saudade no *Samba-Danças*", diz Cariri, as palavras misturadas à fumaça do cigarro.

Os homens trocam palavras, baixinho. Cariri e Louva-Deus desconfiam. Seguem logo atrás. Passam pelo *Estrela da Manhã:* Marambaia, Quirino e Pingola estão sentados na mesa do fundo. Cariri dá um aceno, os três respondem. Avisa: "Nego Oswaldo foi solto!" Os três se surpreendem, não sabiam da notícia. "Vou para o *Imperial*. Talvez ele apareça por lá", grita Cariri.

No *Imperial*, porém, não há ninguém. Só as primeiras mulheres espalhadas nas mesas, um músico afinando o violão. Cariri vê da porta: no cabaré, ninguém sabe de nada. "Ele não pode demorar", diz Cariri, baixinho, para Louva-Deus. Ficam na porta: Louva-Deus olha as fotografias penduradas no feltro estendido na parede de madeira, as mulheres de maiô, as pernas bonitas em poses provocantes. "Essa aqui é um tesão", diz Louva-Deus, apontando uma fotografia. Cariri dá risada: "Não é pro teu bico, negrinho". Mas sente um remorso por dentro: "Quando você for um negrão forte como o Nego Oswaldo, aí sim", emenda.

Esperam por Nego Oswaldo. São quase sete horas. Um samba-canção vem da escola de danças do professor Rufino, nos altos do cabaré *Imperial*. Cariri imagina que o velho professor deve estar lá, com os passinhos curtos, suarento, apesar do frio, ensinando os mais tímidos: samba, foxtrote, bolero, tango, valsa, baião, rumba, marcha — ensina-se em dez lições, anuncia a placa descascada na parede ao lado do cabaré.

De repente, lá longe, Cariri vê um grupo: percebe a cabeça lisa e brilhante de Nego Oswaldo por cima de todos. Vem de longe, com muitas histórias. Os homens estão secos para ouvir Nego Oswaldo contar, percebe Cariri. Foram até buscá-lo na estação de trens, imagina Cariri. Oswaldo chega, para na porta do *Imperial*, olha para Cariri e abre os braços, as mãos grandes e pesadas batem com força nas costas de Cariri, um abraço entusiasmado.

"Que que há, moleque?", diz. "Vamos entrar."

Os homens entram, Louva-Deus aproveita para se enfiar no meio da roda, entra também. Nego Oswaldo senta, debruça-se sobre a mesa, os cotovelos apoiados no mármore. Os homens puxam as cadeiras para perto, Cariri está próximo, olha para Oswaldo. Percebe que ele tem algumas marcas nos braços, sinais de luta; brilha a careca do negro. Um homem oferece cigarros. Oswaldo aceita, outro aproxima o isqueiro, Oswaldo aceita, dá uma tragada longa.

"Saí hoje de lá. Saí bem cedo, fui para São Paulo. O delegado me avisou: — Oswaldo, você foi muito homem ao encarar aqueles leões. Você está livre, mas não vai mais se meter em encrencas. Nem beber, negrão. Eu ouvi tudo isso: — Está bem, delegado. Saí e, no primeiro botequim da rua Aurora, parei. Pedi um vermute. Era preciso comemorar. Não é todo dia que a gente sai da prisão", diz Nego Oswaldo, rindo. Os homens riem.

"Aí, vim embora. Pensei em ir até a estação Júlio Prestes pegar o trem. Mas preferi o ônibus. Já estava meio alto com os vermutes que havia tomado: vim cochilando. E pensando: quando chegar lá embaixo, vou até o Saboó — o pessoal vai fazer uma festa. Dito e feito. Quando cheguei lá hoje, de tarde, estavam todos: teve gente que nem foi trabalhar. As negras velhas estavam à minha espera: — Oswaldo, você tem o corpo fechado, meu filho, me disse a vó. O povo gosta de mim."

"Mas, Oswaldo, conta como foi a briga lá na ilha...", pede um dos homens. Oswaldo concorda, mas faz mistério, sabendo que todos esperam pela história. E negaceia:

"O delegado mandou que eu fosse direitinho para casa, que eu evitasse confusão, senão podia voltar logo. Estou em liberdade condicional. Mas, que nada, eu vou é encher a cara e dançar. Sabem quanto tempo estou sem dar um passo de dança, camaradas? Dois anos. Eu, o maior dançarino do *Samba-Danças*, logo eu...", diz, e acrescenta: "Sabem o que é isso? Eu quero é que se foda, vou dançar até dia o amanhecer".

"E o picote, Oswaldo? Quem vai pagar o picote das mulheres?", pergunta, em tom de brincadeira, um dos homens.

Os olhos de Nego Oswaldo se viram rápido à procura da voz. Ensaia um olhar de raiva, dá um resmungo: "E comigo tem disso, camarada? Comigo é no peito. Hoje é meu dia".

Os homens riem. O garção traz várias garrafas de cerveja, espalha-as na mesa. Nego Oswaldo acompanha os gestos rápidos do garção. Quando ele se afasta, recomeça.

"Enquanto descia de ônibus, pensava em dar um pau na negrinha que me mandou de volta para o xadrez. Mas, desisti. Se acabo com ela, volto de novo. Me fodo. Mas ainda vou aprontar uma pra ela: isso é coisa que se faça? Eu já estava em liberdade condicional naquele tempo, quando ela foi se queixar na delegacia de que eu havia batido nela. Não deu outra: me mandaram de volta pra lá. E ia ficar mais tempo naquele inferno, se não aparecesse aquela revolta..."

Os homens prendem a respiração, deixam Oswaldo falar. Sua voz pausada e profunda domina o ambiente. Os homens sabem que Oswaldo se aproxima das lembranças da rebelião na ilha Anchieta. Oswaldo, como um faroleiro acostumado a perscrutar o mar, tem os olhos fixos num ponto distante, perdido.

"Foi assim: estávamos todos batendo com as canecas nas grades, chamando a atenção dos carcereiros. Aí deu bobeira num guarda e um preso conseguiu tirar a arma dele, enquanto os outros o agarravam contra as grades. O revólver ficou com o Pedro Lua que queimou o guarda ali mesmo. Fiquei revoltado: o polícia era um cara decente, sabem? Ele tinha mulher e filhos ali mesmo na ilha, tinha uma casinha e cuidava de um pequeno pomar. Tinha dia dele vir com laranjas e bananas e distribuía com a gente. Era um cara bom. Mas o Pedro Lua não quis saber: queimou o sujeito. Fiquei puto da vida, mas todo mundo estava saindo e dominando os guardas. Era de madrugada e a segurança era mínima. Fomos para as montanhas. No caminho, o Pedro Lua e outros camaradas dele queimaram mais alguns guardas. Eu não. Só acompanhei."

"Por quê, Oswaldo? Você não tinha bronca dos negos?", pergunta um dos homens.

"Tinha. Mas não sou de apagar ninguém por nada. Eu achava que a gente devia se revoltar, mas evitar sangue. Só pura mostrar aos homens como era a situação lá, aquele inferno. Mas, naquela confusão, não dava para pensar em nada. Os homens estavam como loucos. Queriam sangue. Quando paramos no alto do morro — éramos uns vinte —, o Pedro Lua se virou para mim e mais alguns e disse: "Vamos acabar com o resto dos ratos e, depois, vamos pra vila pegar as mulheres dos caiçaras. Quem quiser que me acompanhe", falou e olhou para mim. O meu cu estava assim que não passava uma agulha, mas falei: eu não vou. Aí pensei: agora, o sujeito me fode a alma. Mas aguentei o olhar dele. Eu sou maior do que ele e o olhei de cima. E ele afinou. "Quem quiser que fique, eu vou", ele falou. E um bando de gente foi atrás. Eu fiquei, eu e mais uns cinco ou seis. Deixamos que eles descessem o morro e fomos atrás. No caminho, encontramos vários guardas mortos. As armas estavam espalhadas pelo chão. Pedro Lua e o bando dele não estavam a fim de ir para uma guerra: só queriam zonear. O Pedro nunca teve amor à vida: sempre matou a sangue-frio. Por nada. Então, me lembrei das crianças da ilha. Já estava amanhecendo. Na vila, a vida devia continuar normalmente: as crianças indo para a escolinha, as meninas de doze, treze anos. Ia ser uma desgraça do caralho! Então, falei pros homens que estavam comigo: — Vamos pra lá, defender aquela gente inocente".

Nego Oswaldo aperta as pálpebras, franze os lábios grossos. A voz fica mais grave:

"Era de manhã, quando chegamos à vila dos caiçaras. Eu e aqueles seis homens armados. As mulheres corriam pela rua e fugiam apavoradas. Fomos e entramos na escolinha: a professora estava falando para as crianças e deu um grito quando me viu, eu naquele uniforme de condenado. Mas falei: — Não tenha medo, professora. Estamos aqui para proteger essa gente. Houve uma rebelião no presídio, mas nós não entramos. Viemos para defender as crianças e as mulheres. Falei com convicção e a professora acreditou em mim. Também não tinha outro remédio. As crianças estavam mudas."

"Mas você não estava louco por mulher, Oswaldo? E os outros homens? Ninguém saiu do sério?", pergunta, sádico, um homem.

"Estávamos, mas aguentamos. Eu falei: — Vou buscar as mulheres da vila e trazê-las para cá. A escolinha ficava num bom local, na subida de um morro. Se os homens do Pedro Lua viessem, só poderiam vir pela praia. Dali dava para segurar os homens", diz Nego Oswaldo, mas para. Faz um longo silêncio. Enche o copo com cerveja. E lembra:

"Deixei alguns dos meus homens com a professora e as

crianças. — Se algum de vocês mexer nelas, eu mato — avisei. E desci até à vila. Passei de barraco em barraco, gritando: — Vamos sair que não tem perigo! E, então, de um barraco saiu a Belinha, a caiçara mais bonita da ilha. Ela veio provocante e me disse: — Não precisa me levar para o mato, não. Já que se tem de fazer, que seja aqui. Aquilo me deu raiva..."

Os homens olham fixos para Oswaldo, que toma outro gole. A mão enorme do negro treme ligeiramente. Murmura:

"Ela falou aquilo e olhou para dentro do barraco: a cama estava lá, arrumada. Na hora, eu senti vontade. Mas e os homens lá em cima com a professora e as crianças? Quem iria segurá-los? Aquelas meninas de onze, doze anos. Ia ser o diabo. Me aguentei: — Não é nada disso, dona — falei. — Nós vamos proteger você e as outras mulheres dos homens do Pedro Lua. Falei e ela ficou vermelha de vergonha, não sabia onde esconder a cara".

Cariri olha para Nego Oswaldo. Louva-Deus está com olhos pregados no rosto do negro. Os homens já não riem, estão calados, com medo de falar qualquer coisa.

"A mulher era bonita, era a caiçara mais bonita da ilha", repete Nego Oswaldo.

CAPÍTULO V

AS PORTAS de madeira e as janelas de ferro do *Bazar Pastor* começavam a fechar às seis e meia, quando o sol já se ia e só brilhava nas janelas de vidro do sindicato; outros comerciantes, como o velho alfaiate Alfredo, preferiam continuar com as portas abertas, mas eram poucos — o turco Alexandre, por exemplo, era o primeiro a descer as portas de sua camisaria, enquanto o velho Seco, dono de uma loja de comércio atacadista, nunca permitia que as portas de seu negócio ainda estivessem abertas quando os sinos da Catedral repicassem. Então, ao mesmo tempo em que o vigia Eronildes dobrava a esquina do *Estrela da Manhã*, o casaco surrado nas costas, as mangas vazias, pendidas, sem vestir, para o seu trabalho de vigilante no depósito de bebidas encostado ao *Bazar Pastor*, quase ao final da praça, o vagabundo Plínio atravessava a Rua da Constituição, lá adiante, vindo do Golfo, em direção ao *Bar Papagaio*, onde se aproximava do balcão e ficava olhando para o portuga com olhos de súplica, mas sem dizer nada, até que recebia um pão e duas sardinhas fritas, daquelas que ficavam na pequena vitrina em cima do balcão e ninguém se atrevia a pedir. O vagabundo Plínio, então, puxava um papel todo amarrotado do bolso do paletó gasto e embrulhava as sardinhas e o pão e ia, atravessando a Rua General Câmara, em direção à praça, até o fundo, quase encostado à parede do *Matarazzo*, onde fazia a sua cama com jornais e caixas de papelão atiradas fora pelo turco Alexandre, dono da *Camisaria O.K.* Deliciava-se com a sardinha, arrancando um pedaço e colocando num naco de pão, sentado sobre os jornais velhos, o papelão, olhando ao redor da praça, as luzes do *Maxim's* que já começavam a brilhar enquanto a noite vinha. Depois de comer, limpava os dedos nos jornais, contava as primeiras estrelas que começavam a aparecer no céu do entardecer, tinha a certeza de que não choveria e de que não precisaria improvisar um barraco com as folhas de papelão e as caixas de madeira recolhidas num canto da praça, dava boas-noites aos passantes conhecidos, lembrava o dia perdido em caminhadas inúteis pela cidade, recolhia recordações da juventude que ninguém no cais, a não ser ele, conhecia, fechava os olhos e dormia. Às nove horas da noite acordava: era a hora em que madame Sílvia vinha passear com seu cachorro pequinês, de aspecto doentio, pela praça, e trazia um pequeno embrulho de comida que lhe oferecia com prazer e ficava enquanto Plínio comia e ela falava de coisas que aconteciam em sua casa de mulheres, de uma das meninas que se enrabichara por outra e até tentara se matar porque a outra arrumara um homem, mas, no fundo, na hora do serviço, ambas competentes profissionais, de irem para o quarto três, quatro vezes em uma só hora, e Plínio balançava a cabeça, ria, com aquela dentadura amarelada que o protético errara na medida e ficava dançando em sua boca escura de cigarro. E depois que madame Sílvia ia embora, carregando o cachorro pequinês, quase sem pelo, no colo, Plínio sabia que não dormiria mais, a insônia de todas as noites trazendo-lhe lembranças de outros tempos que no cais ninguém conhecia. Então, via: às dez horas, começava o movimento intenso na casa de mulheres do 29 da Praça Theresa Christina, o vaivém no corredor e na escadaria longa de madeira, de opaca luz vermelha, a luz do 27 se apagava, Eronildes, o vigia do depósito de bebidas, tossia de um modo seco lá longe, às vezes, saía uma briga na porta do *Bar Tibiriçá*, ao lado da alfaiataria do velho Alfredo, os motoristas de praça gritavam, mas ele, Plínio, nem se dava ao trabalho de ir lá e ficava ali mesmo, naquela posição de espectador do mundo. Às onze, era a primeira mulher que passava de volta dos puteiros em direção à Rua João Pessoa, pegar o bonde talvez — e Plínio a imaginava respeitável dona-de-casa, que chegava ao lar e ainda tinha de cuidar das crianças e dar o dinheiro para o cafetão do marido. À meia-noite, ouvia o balançar das palmeiras-irmãs, um morcego cortar o ar num voo ligeiro, algum pássaro noturno chiar, mas não tinha a certeza de nada e desconfiava de que aquele chiado vinha mesmo dele, pois na cidade não há pássaros noturnos — e sempre àquela hora, à meia-noite —, via algum bando de rapazes passar falando alto, alguns malandros — dois ou três — encostarem na parede um passante solitário, depená-lo, o velhote do 27 sair à janela, na escuridão, ficar ali olhando para o nada, fingindo não ver o assalto debaixo de sua janela, deixando a vida correr. À uma hora, via o velhote se recolher, o sono recuperado, distinguia, lá longe, na esquina, o velho Marambaia sair cambaleando do *Estrela da Manhã* para casa, novas mulheres-damas que já iam embora, os homens passando, o som alto do *Maxim's*, o *Bar Papagaio* fechando. Às duas, o sono voltava sem força e, então, ele ia, entre um cochilo e um sobressalto, até de manhã, quando a banca de jornais já estava aberta, as portas do *Bazar Pastor*, do depósito de bebidas, da alfaiataria, da camisaria, do *Bar Papagaio* iam se abrindo, enquanto o *Maxim's* já estava com meia folha arriada, escondendo o rosto da bailarina pintada na porta de madeira pela mão caprichosa de Zé Garrafa, deixando aparecer as coxas sob a saia diáfana, transparente.

Plínio — ou Primo, como dizem os que não conseguem pronunciar o seu nome — é apenas um vadio, de imprecisa idade avançada. No território da cidade velha, no Centro, no Paquetá, na Vila Nova ou em todo o cais, os homens o conhecem por sua reputação de preguiçoso, de quem nunca quis nada com o trabalho — e por que querer? Não é um ladrão, vive de coisas dadas, ou então, como dizem, de brisas. Ao que se sabe, nunca foi louco, mas vive naquela praça há muitos anos, sempre contando casos para a meninada que vem, cresce e vai embora e, depois, nem mais se lembra do Primo, que comprava balas no *Estrela da Manhã* e distribuía entre todos, que desenhava com traços firmes, a lápis preto de cera, as casas da cidade, um desenho perfeito, de quem conhece o riscado.

Bom, é isso, Plínio sempre foi um bom — de noite, os ratos fedorentos vinham morder os lóbulos de suas orelhas e ele os afastava calmamente, acariciando os seus pelos crespos. Sonhava acordado, dizia do tempo de criança, ia avançando na idade, lembrava de quando estivera preso. "Por que, Plínio?", perguntavam. E ele dizia:

"Sou um-sete-um velho, meu rapaz".

E para quem não soubesse, ele dizia que aquele era o número do Código Penal que previa os casos de estelionato — tudo tão fácil; só copiar a assinatura de algum figurão num cheque, falsificar um documento, coisa tão simples. Mas, agora, Plínio não queria mais saber disso — a lembrança dos presos apertados uns contra os outros no pátio em busca de um resto de sol, os tapas dos *ratos*, os socos nos ouvidos que deixavam a cabeça zunindo por horas, os pontapés sem perdão que deixavam o corpo como um boneco de trapo, um molambo, os outros presos secos por mulher que vinham para comê-lo como um mendigo que avança num prato de comida. Tudo isso não valia a liberdade das ruas, de andar para um lado e outro como um monge, vivendo da caridade do portuga, de madame Sílvia, dos outros, mas sem se curvar para nenhum deles, para ninguém, entendeu?!

Foi numa noite quando estava ali, olhando daquele canto de praça, para a madrugada, que ela surgiu, sabe-se lá de onde, arrastando a perna esquerda, machucada, o vestido sujo, um lenço vermelho na cabeça, uma cara de cigana. Veio em direção a ele tomando-o por adormecido, mas Plínio, os olhos de vigília, percebeu tudo: segurou-a pelo braço e ia lhe dar um safanão, quando ouviu o grito angustiado de muda. E teve pena: percebeu que ela só queria o naco de pão que ele havia deixado ali ao lado, sem vontade de comer. Então, Plínio lhe deu o pedaço de pão e um nome. Rosa, rosa perdida, murcha, do mundo e de ninguém, rosa do beira-cais. Chamou-a para si, os olhos enganados pela escuridão, convenceu-se de que o mau-cheiro não vinha dela, pensou nas namoradas dos dezoito anos e mandou ferro.

CAPÍTULO VI

IAM TODOS com o Grego, que era o mais velho. Iam pelas ruas sujas do beira-cais em busca das casas onde havia mulheres a preço baixo. Eram todos moleques — só o Grego homem feito. Com aquele nariz reto, aquele ar de gringo, a pele branca de quem não jogava bola na várzea. O Grego só jogava bola à tardinha, quando acabava o trabalho na banca de jornais. Então, arregaçava as calças, aquelas canelas brancas e peludas, e começava a jogar com a molecada da Theresa Christina. Quando a noite começava a cair, o Grego ia embora: tinha de dormir para acordar cedo.

Com o Grego na frente não tinha problema — Pingola ia atrás. Louva-Deus, Gabriel e Cariri acompanhavam. O Grego chegava à porta do puteiro, batia no ombro do porteiro e todos entravam, menos Louva-Deus. A polícia também não zanzava mais por ali àquela hora: apenas uma viatura ficava lá na esquina do *Chave de Ouro*, os policiais cochilando ou conversando com os motoristas de táxi, rezando para que não houvesse confusão por aqueles lados. O Grego chegava às duas da madrugada, encontrava a molecada na praça e iam de casa em casa. Não era sempre. Só quando o Grego podia — às quatro, tinha que ir buscar os jornais numa bicicleta velha.

Era um praça, parceiro bom. Se estivessem por ali, quando o dia começasse a aclarar, os moleques da praça acabavam por ajudá-lo a desfazer os montes de jornais, colocar tudo em ordem, armar a banca. Mas não era por isso que o Grego tinha respeito no beira-cais. Não, o Grego era, antes de tudo, um grande braço, parada difícil.

Já enfrentara grandes situações, não tinha medo. Agora, enquanto iam pela General Câmara aprontando, os moleques lembravam a briga do malandro Quirino com o marítimo Belchior e um outro cafunça. Belchior armado, uma faca de cozinha dessas longas, e o cafunça com uma pedra na mão. Cercaram o malandro Quirino, rixa antiga, entre os dois coqueiros da praça. Então, lá da banca, o Grego viu tudo: saiu no embalo, derrubou o cafunça, deu um pontapé na mão de Belchior que fez a faca voar longe. E deixou Belchior e Quirino sozinhos: briga era assim, na mão livre. O Grego dizia isso para todo mundo.

Nunca andava armado. "Não sou de briga", dizia. Mas tinha muitos inimigos. No cais, todos sabiam disso. Só o Grego parecia não querer saber. "Olha o que tenho pra eles", dizia e mostrava o muque, o braço tatuado por Tatoo Lucky, uma cobra azul e enorme com uma língua fina e vermelha que aumentava à medida que o Grego enrijecia o corpo.

Àquela hora da madruga, a rua fervilhava: o som barulhento dos conjuntos de *rock* vinha das boates, nos bares o vaivém das mulheres caçando os últimos homens, grupos de japoneses em volta dos vendedores de churrasquinho, linguiça frita com farinha. A molecada cercou um vendedor, o Grego perguntou qualquer coisa só para distrair o ambulante, e o negrinho Louva-Deus surrupiou um espetinho. Saiu na corrida, o ambulante viu, quis correr, a japonesada gritou estridente, o Grego segurou o ambulante e disse:

"Deixa pra lá, nego!"

O ambulante deixou, ficou quieto, remexeu os outros espetinhos, assoprou as brasas.

"Rouba eles!", gritou Pingola, apontando para os japoneses. E se foi com os outros. Com o Grego.

Iam. A velha Sílvia estava na porta do *275*. Quem se aproximava, ouvia: "Já acabou, meu filho. Vem amanhã. As meninas precisam descansar". O Grego perguntou por Rosália. "Quirino já veio buscar. Estão se amando", disse a velha e riu com aqueles dentes curtos, a pele engelhada, cheia de talco e ruge, a boca borrada de batom bem vermelho. Continuaram. Chegaram ao puteiro da Grega: a piscina, como sempre, vazia, as mulheres sentadas nas bordas. Entraram todos, menos Louva-Deus. Ele nunca entrava — era o menor de todos. O porteiro nunca deixava: não ia arriscar.

O Grego perguntou pela velha Grega. Eram amigos. O apelido de ambos os tinha aproximado, mas nenhum dos dois conhecia a Grécia: dos gregos, só sabiam que eram brigões e gostavam de quebrar os pratos nas boates. E eram otários: quebravam, mas pagavam caro os estragos. Os donos dos botequins e das boates gostavam quando navio grego atracava no cais. A Grega arrumava até novas mulheres para a sua casa e ia buscar os gregos lá no navio mal tinham chegado. O Grego e a Grega se davam bem: eram até bem parecidos — o mesmo nariz reto, de grego. Mas o Grego era português, olhos azuis. E a Grega catarinense, de voz cantada, mulher vivida.

"Eh, Grega", dizia o Grego, batendo de leve nas costas da cafetina. "Isto aqui tem mais hora de cama que urubu de voo", batia e dizia para a molecada.

"Desguia, moleque!", a Grega dizia, rindo. Gostava dele. E pedia ao Grego: "Vem aqui, amanhã à tarde".

A molecada se ouriçava: queria vir também. Dali do quintal da Grega dava para pular até os fundos da serralheria do velho Themis: os abricós, os jambolões, as jabuticabas, as carambolas estavam lá, maduras, caindo de podre, à espera de alguém. Os moleques sabiam disso.

O Grego fez um sinal de ir embora e todos o acompanharam. Mas, quando estava subindo a escadinha que levava a um longo corredor iluminado por lanternas vermelhas, o Grego viu um tipo, velho caguete. O cara avançou para o Grego e disse:

"Olhaí, camarada. O Batatinha mandou avisar que está te esperando lá em frente à *Açucareira*. Ele te viu por aqui e quer desfazer aquela situação. Vai ser tudo na mão limpa..."

Com o mesmo olhar triste que tinha quando a molecada o convidava para ir jogar bola na várzea e era obrigado a recusar, o Grego fez um gesto de pouco caso. Não queria saber de brigas, estava se divertindo com os amigos, pensava em tomar umas cervejas, enquanto esperaria a hora do trabalho. E aquele Batatinha — o que o malandro iria querer? Já havia apanhado uma vez: era o bom de briga, o brabo, mas apanhou feio. Foi num sábado à tarde, dia de chuva. O Grego estava fechando a banca por causa da chuva e o malandrinho veio todo valente. Queria comprar um jornal, só de pirraça. Um malandro daquele não lia jornal. Só porque viu que o Grego já tinha colocado tudo dentro da banca — era apenas para vê-lo ter o trabalho de colocar tudo para fora. O Grego fez isso, com aquele jeito paciente dele. Mas já adivinhava: o malandro só queria motivo para uma briga. O Grego amaldiçoava aquela fama que começava a correr o cais: a cada dia aparecia um valentão do pedaço. Era sempre assim: o Grego aceitava o desafio, batia no sujeito e a fama aumentava. Um sargento da força pública soube da fama do Grego e veio convidá-lo para treinar boxe na academia da corporação. Mas, como todo homem do cais, o Grego não gostava de farda. As histórias que ouvia ali, na praça, dos trabalhadores sobre o tempo da ditadura de Getúlio Vargas tinham levado o Grego a detestar farda. O Grego não queria saber de nada, só de ir levando aquela vida de jornaleiro, frequentar as casas de mulheres, o *275*, o *29* da praça, o *500* da General, só isso — nada de brigas.

Mas Batatinha sonhava alto. Com aquele corpo de passeio, pequenino, parrudo, Batatinha sonhava com as histórias que contavam de Nego Oswaldo, o dono da noite. Mas Nego Oswaldo batia, com as mãos livres como o Grego. Já Batatinha, não. Quando a briga engrossava, não hesitava em apelar. Foi assim naquele dia de chuva. O Grego estendeu o exemplar do jornal e Batatinha recusou.

"Mudei de ideia", disse e ficou rindo, debochado.

O Grego, então, desceu o braço. Batatinha foi parar na bomba de gasolina do velho Lucas. E voltou para a briga. O Grego se esquivou bem, acertou bons socos, embora Batatinha fosse ágil, esperto. Até que o malandro puxou um canivete daqueles de abrir num só golpe. O aço brilhou e atraiu um relâmpago. Batatinha se assustou, largou a arma e se mandou embora em direção ao armazém seis.

Agora, estava querendo desforra. O Grego pensou em não aceitar o desafio. Mas o caguete falava alto, ali, na frente das mulheres da Grega. O Grego olhou para Pingola, viu o gesto de raiva de Gabriel, encontrou o olhar firme de Cariri. E aceitou a parada. Foi. Os moleques foram atrás. O Grego caminhava pela rua apressado, desviando-se das mulheres que passavam penduradas nos braços dos japoneses. Quando chegou à esquina de General Câmara com Conselheiro Nébias, parou. Batatinha estava lá, sentado no pequeno muro do terreno baldio junto à *Açucareira*. Era um homem pequeno, amorenado, a cara bexiguenta, feições rudes. Usava um paletó surrado, camisa de meia como os ensacadores de café.

"Que que há?", falou o Grego.

"Vamos acabar com aquela diferença", respondeu Batatinha.

Estava sozinho. Os moleques olharam em volta e não viram ninguém do bando de Batatinha: só o caguete ali ao redor. O malandro avançou, o Grego esperava, bufava. Batatinha fez um gesto de que ia tirar o paletó. O Grego deixou porque acompanhava atento aos truques de Batatinha. Mas não foi esperto: Batatinha tirou o paletó, fez que ia dobrá-lo e jogou no rosto do Grego. Foi só o tempo do Grego querer se desviar: o canivete surgiu na mão de Batatinha e riscou rápido o ar, a barriga do Grego de alto a baixo. Os moleques nem perceberam: só viram quando Batatinha já saía correndo e o Grego dobrava as pernas, as mãos desesperadas na barriga querendo segurar o sangue. Os moleques correram atrás, mas Batatinha já tinha tudo combinado: um carro parou repentinamente e Batatinha se jogou dentro dele. De longe, os moleques viram a cara bexiguenta de Batatinha, os olhos brilhantes, no vidro traseiro do automóvel em disparada.

O Grego ainda deu alguns passos, encostou-se no muro da *Açucareira* e foi arriando devagar. O negrinho Louva-Deus gritava como um louco. As pessoas se aproximavam, os curiosos faziam roda. Alguém sugeriu chamar-se a ambulância. Mas já era tarde: o sangue do Grego encharcava a calcada, aqueles olhos azuis estavam bem abertos e parados, olhando um luminoso vermelho, a última imagem do cais.

Batatinha esfaqueia o Grego

CAPÍTULO VII

O VELHO Marambaia se lançou para trás contra o espaldar da cadeira de palhinha, apoiando-se com as mãos na mesa de mármore, a última ao fundo do *Estrela da Manhã*, próxima à rua, mas protegida por um biombo de madeira e vidro. O frio de agosto entrava por baixo do biombo, arrancando resmungos de Marambaia, que enfrentava o inverno com um gorro de cossaco, lembrança de uma viagem a Stalingrado. A localização do ponto do bicho, naquela mesa, atrás do biombo, era apenas uma forma de despistamento diante da polícia, quer dizer, maneira de manter as aparências: a polícia estava devidamente comprada pelo grande banqueiro, que ninguém sabia quem era — certamente, um desses figurões que costumam sair nas colunas sociais das gazetas ao lado de homens sisudos e cheios de penduricalhos no peito. Para Marambaia, pouco importava quem era o banqueiro: só conhecia o intermediário, aquele com quem falava pelo telefone para passar o jogo recolhido ou que, de quando em quando, vinha pessoalmente trazer o dinheiro devido a algum eventual ganhador. Era um trabalho fácil, mas cansativo: ficar a manhã inteira recolhendo apostas, a fila alongando-se bar afora, às vezes, invadindo a rua, desmoralizando a polícia. Marambaia fazia isso de propósito: perdia-se em conversas com um apostador qualquer, deixava os demais a esperar para que a fila avançasse na calçada: a viatura policial passava na rua, devagar, mas os soldados olhavam para o outro lado, faziam que não viam o jogo proibido (proibido?) correndo solto.

Mas, naquela manhã, o frio afugentara os jogadores. Marambaia se lançou para trás e ficou um instante golpeando o bloco de papel com o cabo do lápis. Pensava, absorto, em si mesmo; pensava, olhando a rua, o casarão de paredes descaiadas, musgosas, a banca de jornais com o toldo arriado enfrentando o vento cortante que trazia folhas secas das árvores próximas. Foi quando viu aparecer na porta principal do *Estrela da Manhã* a figura do negro velho João de Angola, a sacola com as estatuetas de madeira na mão. Era infalível: com qualquer tempo, o negro vinha fazer o seu jogo, arriscar a sorte. Sempre fora assim, desde os tempos do bicheiro Cabeção. Negro azarento, Angola nunca conseguira porra nenhuma no bicho, mas não desistia. Só que, nos últimos tempos, não vinha apenas por causa do jogo; vinha porque gostava da conversa de Marambaia — os dois perdidos em lembranças e imprecações.

"Não vendeu nada, Pai João?", quis saber Marambaia, sem esconder o sarcasmo.

"Pai João é o caralho!", a resposta veio rápida, sorridente.

A cortesia nunca fora o seu forte. Rabugento, certa vez, furou com o canivete de esculpir uma bola de borracha dos moleques da Praça Theresa Christina só porque lhe derrubaram algumas estatuetas que estavam expostas no chão sobre uma folha de jornal.

"Tempo filho da puta", resmungou Angola, sentando-se ao lado de Marambaia e colocando a sacola na mesa.

"Para mim, o cais é sempre um dia nublado, de vento ou chuva, Angola. Por isso, se me queixo é porque não sei fazer outra coisa", disse Marambaia.

João de Angola não é umbandeiro ou quimbandeiro, nem de Angola. Apesar do nome de santeiro, João não crê em nada. Conhecido por Angola porque os seus antepassados de lá vieram, negros escravos encomendados por algum flibusteiro da Corte. Mas Angola é mesmo de São José de Mipibu, povoado agrícola do Rio Grande do Norte, que de tão distante o negro velho nunca mais lá voltou, desde que saiu atrás de um vendedor de ilusões, fazendo tarefas humildes como a de recolher dinheiro dos assistentes em troca de aprender algumas mágicas e a esculpir. Foi com esse vendedor de ilusões chamado

Epifânio Peremateu que Angola aprendeu o ofício de escultor e a odiar os poderosos. Argentino de Jujuy, Peremateu, em seus dias de glória, fora líder operário, misto de socialista e anarquista que a semana trágica de 1919 fez correr do país. Tornou-se, então, mágico e passou a percorrer o Brasil de ponta a ponta, oferecendo remédios miraculosos feitos com ervas descobertas pelos índios, enrolando majás de dois metros de comprimento no pescoço, vendendo a sorte em pequenos pedaços de papel que ele mesmo cortava e neles escrevia com aquela letra florida em espanhol, manejando um complicado baralho cigano de predizer a morte, receitando chás caseiros para o fígado, trapaceando no jogo de cartas, sem medo dos coronéis que se faziam de parceiros, comprando meninas de onze ou doze anos, virgens, pelas quais oferecia um borrego, um cavalo, um corte de fazenda que dizia ser persa ou chinesa, dependendo da ocasião, para, depois de manuseá-las, satisfazer-se, deixá-las entregues à triste sorte, ao deus-dará, nalguma casa de pecados do sertão. Crescendo como assistente de Peremateu, Angola pôde, muitas vezes, pegar a baba do mágico, aproveitando suas prolongadas ausências, suas viagens às fazendas, quando, então, ficava nalgum povoado, em companhia da menina comprada, que, quase sempre enojada com os odores nauseabundos do mágico, entregava-se facilmente, ajudando o negro a descobrir os mistérios do sexo. De tudo, Peremateu fazia dinheiro: a menina, trocada por um borrego, ou qualquer outra coisa, transformava-se em princesa egípcia, um diadema na cabeça, vestido de renda e bordados, pintura nos olhos e nos lábios como uma dançarina de cabaré, oferecida, por uma noite, ao coronel mais endinheirado, *esta, señores, es la princesa de Memphis, nacida al pie de un volcán*, dizia o mágico, inventando frases, lugares e situações. Com Peremateu, Angola aprendeu a mentira, o logro, *aproximem-se, senhoras e senhores, vejam esta maravilha, não requer prática nem habilidade*, modulando a voz, olhando nos olhos da plateia que se formava na rua, atento à polícia. E, como tinha cara de bobo, Peremateu fez dele também um mágico: aprendeu a mexer as grandes orelhas mantendo todo o resto do corpo imóvel, soube como se desvencilhar das cordas mesmo com as mãos atadas e todo o corpo amarrado, treinou e treinou até que se tornou exímio atirador de facas, ofício que abandonou logo porque, um dia, a mão tremeu, depois de uma noite de farras e cachaçada, e acertou o braço da princesa de Memphis e, por fim, acabou gostando de engolir espadas. E esse foi o ofício de que mais gostou, porém acabou também desistindo depois de ver, um dia, Perematéu cuspir sangue, ao aceitar o desafio de engolir espadas depois de um generoso jantar.

Foi assim que começou sua vida de escultor. Perematéu, que havia aprendido o ofício de escultor de madeira naquelas andanças pelo Nordeste, ensinou também essa arte ao menino Angola. Quando os dois vieram bater em Santos, como contam os marítimos aposentados, Angola já havia decidido ser apenas escultor. Já era homem e não tinha mais nenhum vínculo com Perematéu, além da amizade e da obrigação assumida consigo mesmo de velá-lo na velhice. Mas Perematéu nunca se sentiu velho: todas as segundas-feiras, fizesse chuva ou sol, tinha no final da tarde uma mulher na cama, requisitada no cais, na casa de madame Sílvia — naquele tempo ainda uma iniciante da profissão de cafetina — ou conseguida com sua fala fácil, jeito de embrulhão. As mulheres nunca lhe importaram de verdade: só as queria para o gozo e, mesmo quando, no fim da vida, só pedia a Deus a dádiva de uma ereção, levava-as para a cama para que ouvissem suas histórias, suas mentiras. Só para isso, porque não as desejava nunca ao lado, seguindo seus passos, *nunca amei a outra pessoa, a não ser a mim mesmo*, dizia a Angola, que, mesmo assim, continuava gostando do velho gringo. Foi por causa desse jeito do velho que Angola não se surpreendeu quando ele foi embora: levou-o até o cais e deu o último adeus a Perematéu, que, trinta anos depois de sair corrido de seu país, voltava a Buenos Aires. Do velho gringo, no cais, durante muito tempo, não se teve notícia até que, um dia, o comandante de um navio do Loide veio contando que o havia encontrado num bar do porto de Buenos Aires, explicando que Peremateu, com um seboso e desbotado baralho, tirara a sorte dele, predizendo boas coisas, com aquele mesmo jeito bufão, mas fraco de tão velho, quase sem voz e com uma risada que era mais um ganido. Disse o tal comandante que Peremateu jurara que Angola ainda seria rico, confessando que fora por isso que tirara o negro, moleque ainda, daquele fim de mundo que era São José de Mipibu, pois ele tinha na palma da mão as linhas da sorte, a sorte que Peremateu sempre buscou e queria ter ao seu lado na figura de João de Angola. *Mas se soubesse que a sorte iria demorar tanto, teria largado aquele crioulo nalguma escarpa do sertão*, disse o tal comandante repetindo o que Peremateu lhe teria dito. Mas Angola não se importou, sabia que aquele velho vendedor de ilusões só dizia aquilo da boca para fora, irrecuperável sentimental. Lamentou não poder ver o velho gringo pela última vez, agora, que tinha a certeza de que Peremateu chegava ao fim e acabaria, anônimo, morrendo com um ar de riso, encostado a alguma parede de bar do porto de Buenos Aires, um ar de riso para que os passantes pensassem que ali estava mais um bêbado, sem suspeitar de que Peremateu ria deles, morto. Sabia disso, pois Peremateu, com seu baralho cigano, também já havia descoberto o dia de sua própria morte, os detalhes e as circunstâncias. Seria assim. E não seria em sua última trapaça que Peremateu iria falhar.

"Será que vai ser desta vez que a predição do velho Peremateu vai se confirmar, Angola?", riu Marambaia.

"Aquele gringo nunca se enganou, marujo. Só que eu não sabia que custaria tanto a vir essa maldita sorte. Já estou velho e até agora continuo pobre", disse Angola.

"Mas até ele se enganou, não é mesmo? Ele só o tirou daquele cafundó do Judas porque pensava que você iria lhe dar muita sorte. Quando viu que o Pedrão já tava para chamá-lo, quando viu que já tava pra dar baixa no mundo por tempo de serviço, se mandou. Foi um tipo muito estranho, sem coração. Você pode não concordar, você, sim, é um sentimental. Mas Perematteu nunca teve amigos, nem você. Só teve cúmplices. É isso: nesse tempo todo em que você andou com ele, você não foi um amigo, muito menos um filho. Foi um cúmplice apenas, nas trapaças, na vida", explicou Marambaia, copiando o jogo de Angola.

"Não posso dizer nada, marujo. Às vezes, acho que herdei esse jeito rude de ver as coisas do gringo. Há dias em que me sinto como um morto: às vezes, penso que deveria ter seguido outro caminho, amado uma mulher que também me amasse, sabe, marujo? Não essa vida de uma mulher hoje, amanhã outra. Eu tive dois filhos, que hoje nem sabem quem é o pai. Larguei os dois por aí, não me preocupei em lhes ensinar nada. Os moleques se criaram com as avós, nem se conhecem. As mães se perderam na putaria, na zona. Longe daqui. Talvez até já tenham morrido, porque essa vida mata cedo."

"Milhar ou centena, Angola?", quis saber Marambaia, tentando mudar de conversa — as queixas de João de Angola traziam más lembranças.

"Você ainda tem o que recordar. Foi um herói: participou de doze motins, lutou pelos pobres. Eu não, nem isso...", lamentou-se Angola.

"Herói? Que herói, velho?! Neste país, sempre tivemos muitas estátuas, muitas autoridades e poucos heróis..."

"Que é isso, marujo? E a fé? E esses meninos dos sindicatos? Essa gente dos bondes? Estão todos lutando por melhores salários, por uma divisão mais justa do mundo. Você não acredita?"

"Não sei, Angola. Já vi muito valente cagar sangue, fugir do pau. Que vai mudar, isso vai. Mas se vai ser pro lado do pobre, não sei...", disse Marambaia, devolvendo o papel do jogo; olhava para o centro do bar, justamente onde dois policiais acabavam de chegar.

"É, marujo... ando assim como você. Às vezes, quero acreditar, mas não sei, não...", queixou-se Angola e ficou a olhar as moscas que se ajuntavam no mármore de uma mesa.

"E Pingola?", falou Marambaia, afastando os pensamentos de Angola.

"Vai indo bem. O moleque é esperto. Vai dar melhor escultor do que eu. Ah, quando me lembro do quanto eu irritava o velho Perematеu por causa de um entalhe mal feito. Pingola, não, tem jeito... Se Perematеu visse, ficaria contente de ver um aluno tão jeitoso. Perematеu não foi o que você pensa. Era um triste: a dureza de coração era só uma capa, marujo. Tinha bom coração..."

"Não vou discutir, Angola. Não podemos julgar ninguém, não é mesmo?"

"É, marujo. Não podemos", disse Angola, fazendo um gesto de quem ia embora.

"Espera, Angola", pediu Marambaia. "Tenho visto você muito amargurado: deixa disso, velho. Não se arrependa de nada na vida, velho, que a vida não vale que a gente se arrependa dela..."

"Sei disso, marujo", disse Angola, com um fio de voz.

"Sempre seremos uns fracassados. Tenhamos tido dinheiro ou não, boas ou más mulheres, filhos ou não. A solidão, o esquecimento é o destino de todos nós que nascemos para morrer. Sempre terminaremos sozinhos algum dia. É a vida, negro velho..."

A voz rouca de Marambaia ficou no ar, no silêncio do bar, que só foi quebrado com a entrada brusca de uma mulher, fugindo do vento e da chuva. A mulher tinha uns olhos frios e seguros como todas as mulheres que não esperam muito tempo para conhecer os homens.

CAPÍTULO VIII

NUMA noite de domingo, começo de primavera, aborrecido e nostálgico, o velho Marambaia, sentado à última mesa do *Estrela da Manhã*, enquanto observava as mulheres que passavam na calçada, as costas de fora, já queimadas pelo sol, pensava no tempo em que se chamava Barba Roxa e era uma espécie de pirata dos mares. Lembrou-se da série de nomes falsos e curiosos que a gente do partido ia lhe dando, de tempos em tempos, para que a polícia nunca desconfiasse de que ele era um agente infiltrado na tripulação, um meio de ligação entre os homens daqui e os companheiros da Europa, aquele que trazia as novidades, fazia o intercâmbio. Lembrou-se dos doze motins a bordo por causa de salários atrasados, do julgamento, da absolvição, da luta dos amigos, de alguns políticos, para que ele não perdesse o direito à aposentadoria como marítimo. Agora, aquela aposentadoria não dava para nada, só para pagar um fétido quarto no casarão da praça. E o jeito era bancar o jogo do bicho: triste fim de um revolucionário, pensou Marambaia, sarcástico, as duas mãos apoiadas na mesa sustentando o rosto, os olhos quase fechados diante das recordações.

Foram chegando um a um, interrompendo o fio de pensamentos do velho. Primeiro, o moleque Pingola que, agora, parecia tomar jeito: vivia a vender as estatuetas que João de Angola esculpia e começava a fazer os seus primeiros entalhes. Marambaia tinha medo de que o moleque se transformasse num bandido, tentava fazer com que ele descobrisse o mundo. Mas Pingola parecia feito de outra fibra, diferente, não era um romântico como o velho. Às vezes, Marambaia falava de suas lutas em favor dos pobres, de suas noites na prisão, mas o moleque parecia não ver nenhuma importância naquelas histórias e, invariavelmente, perguntava, curioso, quanto dinheiro Marambaia tinha ganhado com aquilo.

"Nada, filho. Só o prazer de lutar contra os poderosos", dizia Marambaia, desiludido diante da pergunta do moleque. Mudava de conversa: Pingola nunca haveria de ser como ele, tinha o sentido prático da sobrevivência, aprendido nas ruas desde cedo. Às vezes, o arcabouço espiritual de Marambaia balançava diante da pureza do moleque: seria difícil um mundo onde todos tivessem a consciência da solidariedade com o próximo, impossível. Aquele instinto egoísta nascia com o homem e ideologia nenhuma conseguiria mudar, pensou Marambaia. E lembrou-se da viagem a Stalingrado: caminhava pelas ruas gastas, velhas, onde correra tanto sangue, ia pisando aquelas pedras escuras, sentindo o vento gelado, olhando um povo insensível à política, enquanto remoía aquelas histórias ouvidas de um velho espanhol exilado naquele país frio, histórias fantásticas, quase inacreditáveis: agora era o sangue dos revolucionários assassinados pela revolução que corria nas ruas. O instinto assassino, o instinto do poder, sobrepujara os ideais mais uma vez — essa era a materialização dos ideais que tantos defenderam ante tantas e atrozes torturas. Seria sempre assim?, meditou Marambaia, derrotado. Não tinha forças nem convicção para encaminhar o moleque Pingola para a luta.

Naquela noite de domingo, depois dc Pingola, veio se sentar à mesa o mulato Quirino, o bigode fino e ralo, de camiseta, os braços nus, o peito sem um só pelo, magro mas rijo, duro. Aquele era diferente, pensou Marambaia. A vida a bordo o transformara — talvez esse fosse o melhor caminho para Pingola, talvez, se o encaminhasse para o mar, o moleque viesse a despertar para a luta, imaginou Marambaia. Poderia falar com João Barbosa, o presidente do Sindicato dos Foguistas, gente fina: além de tudo, o moleque já estava na idade de conhecer o mundo.

"Você viu o Teodorico?!" — a voz estridente do mulato Quirino despertou Marambaia de seus pensamentos. "Estava fazendo discurso lá na casa das águas, outra vez. E os filhos da puta jogando bagaços de laranja nele. Fui lá e levei o maluco para casa", disse Quirino, sentando-se à mesa.

Marambaia sentiu vergonha e raiva de ser humano. Sentiu-se um fracassado, e sentiu esse fracasso como um sentimento de culpa: Teodorico era um desvairado, mas tinha mais lucidez do que aqueles que lhe atiravam pedras e bagaços de laranja. Talvez viesse dessa impotência, essa mesma impotência que lhe amargava a alma, aquela loucura, que levava Teodorico, indiferente às chacotas, a carregar um caixote até a casa das águas, ali o ponto de saída dos trabalhadores das docas, dos estivadores, dos operários das empresas de transporte, para de cima do caixote falar e gritar contra os poderosos, os chupins da classe operária, meditou Marambaia.

"São uns imbecis. Agridem quem os defende. Vai ver defendem quem lhes suga o sangue", disse Marambaia, com raiva.

"Calma, velho", disse Quirino, assustando-se com a violência das palavras de Marambaia. "O negócio tá mudando. Você não ouviu o discurso do nosso líder no Congresso. Estamos quase no poder: só falta esperar o dia da virada, a volta do cipó. Estamos nos preparando, velho."

"Você acredita mesmo que isso vira? Acho que vai virar, sim, mas contra nós. Temos uns líderes de merda, isso sim. Gente sem colhão, é isso. Oportunistas, que vão virar a casaca no primeiro arrancarrabo. Olha o que estou falando. Conheço a matéria de que é feita essa espécie chamada homem..."

"Porra! Por que tanto ceticismo, velho?", resmungou Quirino. "Eu acredito, velho. Me entreguei de corpo e alma a essa tarefa, estou disposto a arriscar tudo, até a vida. Você não fez também isso, quando nem havia as condições que existem hoje? Então..."

"Eu sei, Quirino. Mas não sonhe muito, rapaz. Ideologia nenhuma reforma o homem. Confie, mas desconfiando. Os filhos da puta estão em todos os lados. Os fracos, os oportunistas, os vendilhões, esses são a maioria. Por isso, os bons sempre perdem. Basta estudar a história de qualquer sistema de governo, de qualquer partido, de qualquer organização. Aqueles que tiveram as melhores ideias, as melhores intenções, sempre perderam e foram acusados de traidores. E foram escorraçados pelos imbecis que só existem para aplaudir as atitudes dos poderosos de plantão."

"Caralho, velho. Eu nunca te vi assim...", admirou-se Quirino.

"É a velhice, Quirino", brincou Marambaia, mudando o tom de voz. "É a velhice que nos torna cínicos", riu, quase fechando as vistas, as rugas se aprofundando nos cantos dos olhos. "Mas é que tenho medo de que você banque o idiota, cumpra ordens, enquanto os espertos ficam longe da linha de fogo..."

"É, velho. Ando me arriscando mesmo. Ainda hoje de madrugada trouxe um carregamento de armas para o dia em que a merda estourar. Me arrisquei. Vim pela estrada velha, uma cerração dos diabos. Ainda encontrei aquele merda do Diabo Loiro quase morto à beira da estrada. Tinha sido assaltado — vocês souberam disso, não?", disse Quirino, olhando também para Pingola. Em seguida, como se tivesse sido traído pela conversa, olhou para Pingola: "Eh, moleque, vê se vai comentar com alguém esse negócio das armas...", advertiu.

A advertência de Quirino não serviu para nada; nem foi ouvida. Os três tiveram logo a atenção despertada por uma mulher que entrava no botequim. Marambaia reconheceu: a mulher tinha olhos verdes e frios, seguros como todas as mulheres que conhecem cedo o amor. Estivera ali no último dia do inverno, Marambaia recordou bem. Fugia do vento e da chuva e não parecera tão bonita: agora, também, estava vestida para a guerra, o rosto pintado, os olhos marcados, a boca muito vermelha. A mulher foi ao balcão e todas as cabeças se voltaram para olhá-la, todos os homens que estavam no bar sorriram, os olhos brilhantes, os rostos suados giraram acompanhando os seus passos, o movimento das pernas altas e morenas sob o vestido justo e brilhoso. A mulher parou, indecisa, diante de uma mesa e Jaime, o preguiçoso garção do *Estrela da Manhã*, se apressou em limpar a cadeira, com o sujo pano que sempre trazia no ombro direito. Mas Marambaia se adiantou, erguendo-se:

"Faça o favor, sente conosco", disse, apontando a única cadeira vaga em tomo da mesa.

A mulher se deteve, ainda indecisa, diante do sorriso do velho marítimo. Olhou para Quirino e Pingola, sorriu. Por fim, decidiu aceitar o convite de Marambaia. Quirino ergueu-se rápido e puxou a cadeira para que ela sentasse. Marambaia sorria e com o rabo do olho observava o espanto dos demais fregueses do botequim. Sempre fora assim com as mulheres, gentil, mas atrevido.

Apresentou-se à mulher, fazendo o mesmo com Quirino e Pingola.

"Irene, prazer...", disse a mulher, três vezes.

"Você é nova no pedaço, não?", adiantou-se Quirino.

"É, sou. Começo hoje aí na madame Sílvia..."

"Minha mulher também trabalha aí. É a Sula, conhece?", disse Pingola.

"Não. Cheguei hoje. Estive aí, outro dia, mas não falei com ninguém, só com a velha..."

"Procura minha mulher, se precisar de alguma coisa", ofereceu Pingola.

Irene fez um gesto com a cabeça e olhou para o garção.

"Não coma muito. Olha o trabalho...", riu Marambaia.

"De onde veio você?", quis saber Quirino. "Mineira, não?"

"Sou, sim. De Caratinga, conhece?"

"Hum...", resmungou Marambaia.

"Bem", corrigiu Irene. "Foi de lá que eu saí, mas há quase um ano que estou rodando o Brasil."

"Sempre nisso?", perguntou Marambaia, apontando a casa de madame Sílvia, lá do outro lado da rua, a lanterna vermelha acesa, Braz abrindo e fechando a porta aos fregueses.

"É", disse a mulher, sem abaixar os olhos, mirando Marambaia.

"Não é por nada", continuou Marambaia, ensaiando um embaraço. "É que você podia ser dançarina, bailarina. Eu pensei. Você tem corpo de dançarina..."

"Mas não. Nunca aprendi... O senhor acha que eu poderia?"

"Claro!", exclamou Marambaia, abrindo os braços.

"Não é preciso muito. E, depois, todo fim de noite, você sempre arruma um coronel que compensa a grana que você pode ganhar aí na casa da Sílvia, aturando tantos homens, a noite inteira..."

"Eh, velho. Se a madame Sílvia sabe que você está aliciando as meninas dela, vai ter...", brincou Quirino, rindo alto.

"Não é isso, malandro. Ou melhor, é isso mesmo. Essa velha já está com o cu cheio de grana. Mais uma, menos uma... E, além do mais, você sabe que não é ela quem fica com o grosso da grana, não é? É o filho da puta de um tubarão aí, que posa de defensor da moral e dos bons costumes. Vai à missa, comunga e o caralho!", disse Marambaia.

Irene riu do jeito irritado do velho. Quis saber mais:

"Mas... o senhor consegue uma boca de bailarina pra mim?"

"Não tem problema. Amanhã mesmo vamos resolver isso. É só falar com o Matias, o dono do *Old Kopenhagen*. Ou mesmo o Aires daqui do *Maxim's*. E aprender a dançar é fácil, menina."

Irene riu e o velho se sentiu gratificado. Sempre aquela mania de ajudar os outros — se ajudava a tantos imbecis, por que não haveria de ajudar a uma mulher como aquela?, pensou Marambaia, enquanto percorria com os olhos os seios de Irene, que arfavam no vão do vestido justo. Ainda se sentia muito homem, embora, às vezes, tivesse pena de si mesmo: tanta fé perdida, tanta luta, e os anos passando tão inúteis.

CAPÍTULO IX

CHEGARA cedo demais, embora tivesse ficado algumas horas, à toa, nos bares do cais, bebericando e fumando cigarros que pedia, indiferentemente, a qualquer pessoa mais próxima. Naqueles fins de inverno, gostava de exagerar na bebida — até um vinho podia arriscar, mas não daqueles bons, portugueses, chilenos, como no tempo em que andava de porto em porto. No *Estrela da Manhã*, assustou o garção quando pediu um copo de vinho — era comum que só bebesse cerveja e uma pinga para acompanhar. Depois viera lentamente pela rua encharcada, olhando como caíam as últimas folhas das árvores da Praça Theresa Christina, sentindo prazer com o vento fresco a lhe tocar o rosto. Chegara, mas não havia encontrado ninguém, só o velho vigia a dormir na cadeira da varanda do sindicato. Empurrara o portão de ferro, lera a inscrição em bronze na parede da varanda — "Ao Presidente Vargas, a homenagem do sindicato dos Foguistas" —, quase apagada de tanta sujeira, e sentiu a antiga revolta a lhe comer por dentro (fora por causa daquela placa que havia se afastado do sindicato, um afastamento voluntário, sem brigas ou discussões, depois que, inutilmente, tentara convencer os homens da diretoria a arrancar aquela homenagem). Desfiando essas lembranças, avançara até os fundos da casa, ao pequeno auditório das assembleias. Ainda não havia chegado ninguém.

Marambaia deu a última tragada, arrancou a ponta do cigarro da piteira, jogando-a numa pequena caixa com areia da praia. Ficou olhando para o pano branco estendido na parede por trás da mesa ampla, onde, às terças e quintas, passavam-se os filmes cedidos pelo USIS. Desde que voltara a frequentar o sindicato, já havia tentado, por várias vezes, convencer João

Barbosa, o novo presidente, a não mais passar aqueles filmes mentirosos, mas em vão. E o pior, pensava, era que as crianças das vizinhanças enchiam a sala para ver aqueles filmes. Sentiu raiva. Lembrou-se de uma passagem de um livro que lera, há muito tempo, quando ainda cruzava os mares a bordo dos cargueiros: um espanhol, enraivecido com as mentiras do cinema, levantou-se de sua cadeira, atirou um objeto na tela e começou a gritar como louco: "É mentira! É mentira!" Marambaia riu com a lembrança, um riso silencioso, amargo.

Ficou bem meia hora à espera dos homens. O primeiro a chegar foi Argolo, depois o presidente. Vieram e sentaram-se próximos a ele. Ficaram também à espera dos demais. Argolo dizia:

"Vai ser difícil..."

"O quê?", quis saber Marambaia.

"O memorial ser aceito pelos homens do governo. Mas vamos mandar assim mesmo. Só precisamos da aprovação dos nossos. A assembleia de hoje será para isso, não sabia?"

"Não. Ontem à noite, ao passar por aqui, vi a tabuleta na varanda anunciando a reunião para hoje. Mas não sabia o que seria discutido. Já não estou mais na ativa. Sou barco encalhado", disse Marambaia.

"Que é isso, velho?! Precisamos de você aqui. Venha sempre às assembleias", pediu Argolo.

"E a tua pensão, Marambaia? Tem saído direitinho?", perguntou João Barbosa, o presidente.

"Tem dado pras pingas."

"E nem isso te queriam dar, heim?"

"Também o que arrumei de encrenca para eles nesses anos todos de mar. Só de motins, foram doze. Se não viesse a anistia geral, ainda estaria puxando cana."

"Mas valeu a pena, heim, velho?", comentou Argolo, colocando a mão direita no ombro de Marambaia.

"Acho que valeu. Pelo menos chego à velhice sabendo do mundo. Não sou apenas um velho estúpido, desses que condenam a juventude e vivem pedindo corretivos para os mais ousados. Já imaginaram que tristeza é um homem chegar ao fim da vida enganado, acreditando nas mesmas mentiras que lhe ensinaram na escola, quando criança?"

Argolo e João Barbosa concordaram, mas não falaram nada; ficaram olhando para Marambaia, a barriga redonda dobrada sobre as pernas. Só desviaram o olhar quando entrou um homem, era Juvenal, quarenta e poucos anos, aposentado por invalidez. Aproximou-se dos três, os olhos miúdos, de pestanas bem espessas, e perguntou:

"O que vamos discutir hoje?"

"Um memorial, que será enviado ao presidente da República. Vamos denunciar as empresas estrangeiras que submetem os embarcadiços a todos os tipos de exploração", explicou Argolo.

"Isso é bom", aprovou Juvenal.

"Uma dessas irregularidades é que as empresas nos obrigam a trabalhar 180 dias sem parar com uma folga de 30 dias, quando a lei manda que para cada 24 horas de trabalho tem de haver uma folga de 24 horas. Essa é uma delas", lembrou o presidente.

Juvenal tossiu e ficou ouvindo.

"Além disso, os barcos estão sempre com tripulação reduzida. Dez homens não podem fazer nunca o serviço de dezoito, durante seis ou sete meses seguidos, sem descanso, pois não se pode dizer que se descansou durante o tempo que se leva nesses barcos, mesmo nos horários mínimos garantidos pela lei", acrescentou Argolo.

"É triste ver dois marinheiros lutando no convés lavado pelo mar, escorregadio, para fazer a atracação, sem que nós, maquinistas, possamos ajudar", disse Juvenal, a voz baixa.

"São tantas as reclamações", comentou Marambaia. "Mas a maior de todas é que essa nossa luta contra o mar leva todo o embarcadiço a baixar moço no IAPM, com todos os tipos de doença, desde os problemas de coluna até úlceras. Durante o tempo no mar, os patrões só consideram acidente as quedas que deixam o embarcadiço aos pedaços no convés. É uma pouca vergonha, uma exploração filha da puta!"

"Falou bem, velho!", o grito surgiu da porta. Era Quirino. Veio, bateu nas costas de todos, sorrindo. "Passei no *Estrela*, disseram-me que você tinha vindo para cá, velho", disse a Marambaia.

"Vê se você vem aqui mais amiúde, rapaz. Você ainda é um dos nossos", disse Argolo, dirigindo-se a Quirino.

"Faz tempo que eu não sei o que é um mar, camarada. Aqui em terra dá pra se virar melhor", disse Quirino; avançou um passo, puxou uma cadeira e ficou rindo.

"Esse não quer nada. Não sei como vive", comentou Juvenal, o rosto sério, fechado.

"Vou me agarrando nos otários. Para mim, não é preciso muito: basta a sobrevivência, os pequenos golpes, as migalhas. E garanto que ainda vivo melhor do que muito embarcado: tenho mulher a qualquer hora e não vou me acabar cedo", disse Quirino, ainda rindo.

"Não fala assim", censurou Marambaia.

"É isso mesmo. No meu tempo de embarcadiço, nunca dei moleza pros homens. Me suspenderam um caralhão de vezes. E estou aqui. Firme. Quando o cipó voltar, vou ser o primeiro a sair por aí à cata dos tubarões. Agora, olha esse aí", disse, apontando para Juvenal.

O homem abaixou os olhos pequenos, lembrou-se da velha rixa com Quirino. Agora, não poderia reagir: estava um farrapo.

"Vê o velho aqui", continuou Quirino, batendo no ombro de Marambaia. "Sempre foi uma parada. Com ele, muitos cagaram sangue."

"Calma, Quirino", pediu João Barbosa. "Nem todos são homens largados como você. Muitos têm família."

"Mas este nunca teve", falou rápido, apontando para Juvenal.

Talvez por causa dos olhos miúdos, da palidez que tornava amarela sua pele morena, a cara de Juvenal manteve a expressão abatida, embora virasse rápida, as sobrancelhas arqueadas num gesto de indignação. No entanto, Juvenal preferiu o silêncio.

"Calma, não é assim. Eu mesmo tenho provas da coragem de Juvenal", mentiu Marambaia. E contou: "Foi uma vez, a bordo do *Marina*, quando estávamos atracados em Necochea. Três meses de atraso no pagamento, então, eu disse para o comandante: se o dinheiro não sai, não trabalho. Por mim, o navio fica aqui, só trabalho com dinheiro na mão. Mas o comandante não gostou, disse que fazia e acontecia. E eu duro, sem recuar: então, ele me acusou de cabeça-de-motim. Foi quando o João Mineiro me apoiou: disse ao comandante que se eu era cabeça-de-motim, ele também era. Ou saíam os soldos ou a gente desembarcava, ficava por lá. A tripulação nos apoiou: Juvenal estava lá e foi um dos primeiros a ficar do nosso lado. Aí o comandante disse que ia abrir um processo contra a gente quando chegasse ao Brasil, ia dar parte à companhia do navio. Pronto, os outros se cagaram, se acovardaram. Mas Juvenal ficou do nosso lado..."

Marambaia tinha a memória turva: temeu que estivesse mentindo apenas para evitar a destruição de um homem. Sentiu raiva de Quirino, por causa daquele radicalismo tolo. Os fatos contados, lembrava, eram verdadeiros: houvera um princípio de motim em Necochea, a bordo do *Marina*, com ele a liderá-lo. Lembrava também que Juvenal fazia parte da tripulação: já naquele tempo, era um homem arredio, de falar pouco, mas forte, vigoroso, que tinha embarcado em Salvador, tentando fugir daquela vida miserável do sertão da Bahia. Lembrava de Juvenal como tripulante novo, mas não tinha certeza de que, naquele momento do motim, ele havia sido solidário com os revoltosos. Mas queria acreditar que sim, vasculhava a memória atrás de uma frase, de uma atitude de Juvenal naqueles distantes dias de Necochea.

Juvenal permanecia em silêncio, tristonho, provavelmente pensando na história de Marambaia, mas não fez um gesto para confirmá-la. Quirino olhou para Marambaia, preferiu não ir adiante, respeitava o velho. Mas arrumou uma desculpa para ir embora:

"Vou abrir fora. Tenho uma mulata me esperando, mas, se der, volto para a reunião. Nem que seja no final, apenas para saber o que falaram", disse.

Quirino levantou-se, despediu-se, cumprimentou alguns homens que estavam chegando para a assembleia, perdeu-se porta afora. Então, Juvenal balançou a cabeça, num sinal de reprovação, enquanto acompanhava Quirino a se distanciar através da janela pelo quintal do sindicato. Rixa velha entre os dois, mas não se lembrava de quando aquilo começara. Não se davam bem, mas nunca haviam chegado a trocar socos, só desaforos. Temperamentos diferentes. Era isso. No mar, a convivência sempre fora difícil: Juvenal, homem calado, arredio, que não gostava de farras, nem companhia — o inverso de Quirino.

"Embarcado, só sabia de vir com conversa de política", comentou Juvenal, sem desviar o olhar da janela. "Nunca gostei disso, não leva a nada. E ademais só queria arruaças. Uma vez, em Hamburgo, me convidou para sair com ele e mais alguns companheiros. Eu quis recusar, mas ele insistiu. Nunca gostei de bandos, preferia andar pelas ruas próximas ao porto — se encontrasse alguma mulher, muito que bem: punha a casa em dia. Mas sempre só, porque o dinheiro também não dava para as extravagâncias. Quirino não, sempre arrumava dinheiro. Só sei que nesse dia estávamos lá, num cabaré de Hamburgo, quando ele cismou de tirar a mulher de um alemão. A verdade é que a mulher estava olhando muito para ele, mas é assim mesmo: os negros sempre atraem as mulheres desses países, elas acham que é diferente... Só que o alemão não gostou, se levantou e o Quirino deu um murro na cara dele. Aí o alemão veio no repique, com uma puta faca. E para cima de mim, que não tinha nada com o caso. Quando vi, o alemão estava quase junto de mim. Só deu tempo para levantar a cadeira e o braço do alemão bateu nela, a faca caiu. Aí o pessoal de bordo que estava com a gente caiu em cima do gringo. Os outros alemães também entraram na briga, todo mundo trocando bofetada. Foi quando ouvi um grito: "Polícia!", em português. Então, nós corremos, fugimos. Depois, longe da briga, na rua, me sentei na calçada, minhas pernas tremiam de susto, nunca mais! Esse Quirino só sabia meter a gente em enrascada. Ainda bem que não embarcou mais..."

Os homens começaram a rir quase ao mesmo tempo, às gargalhadas. Mas Juvenal manteve-se em silêncio. Rir, valia a pena? Naquele dia, quase morrera num país estranho, diante de um homem desconhecido.

"Viver é sempre um risco que a gente corre, Juvenal", disse Marambaia, como adivinhando o pensamento do outro marítimo.

"É mesmo", concordou. "Lembra daquela vez no convés do *Cabo São Roque*? Fiquei agarrado num fio e o filho da puta que trabalhava comigo naquele dia ficou como um tonto a correr para um lado e para outro, sem saber o que fazia. Homem desgraçado! Com a língua quase enrolada, ainda gritei: a chave! Então, um conferente de carga correu lá e desligou. Não morri, mas foi como. O corpo nunca mais prestou para nada."

CAPÍTULO X

COM visível dificuldade, o velho João de Angola atravessou a rua a caminho do *Estrela da Manhã*. Naquela manhã tão indecisa como os passos do preto velho, nuvens carregadas despontavam para os lados do mar. O andar calmo e arrastado de Angola foi acompanhado por Marambaia, que o seguiu com o olhar desde quando despontou na porta do casarão e atravessou a General Câmara. De mansinho, Angola se aproximou, trazendo uma sacola nos ombros: cumprimentou a todos — Marambaia, Pingola e Quirino, que rodeavam uma mesa, mas não bebiam; noutra mesa, estavam Plínio, o vagabundo, e Rosa, que pareciam trocar confidências. Naquele instante, Angola sentiu o desejo de esculpir os dois — dariam um belo par, pensou. Mas teve o pensamento rasgado pela imagem da bailarina esculpida em madeira pousada sobre a mesa de Marambaia. Reconheceu o trabalho: havia entregue a estatueta ao moleque Pingola para que a vendesse. Tinha pena por ser obrigado a se desfazer das coisas que esculpia, mas não havia outro modo de sobreviver. Chamou, então, o garçção e pediu um aperitivo: cachaça com fernete. Depois, enfiando a mão no bolso, sentou-se à mesa, retirando um bolo de dinheiro:

"Olha aí, velho. É tudo o que tenho. Daria para pagar dois meses de aluguel atrasado. Mas eu quero é que se foda o proprietário. Se quiser que me despeje. Vou é jogar tudo no macaco. Milhar na cabeça, nem mais nem menos, vagabundo velho".

"Vamos lá, Angola", disse Marambaia, puxando o talão do bolso da camisa e apanhando a caneta.

"Não vão engrossar o caldo?", convidou Angola. "Ah, não querem? Azar de vocês..."

"Eh, vai ser desta vez, Angola? Finalmente, vai ser cumprida a profecia do velho Perematеu", brincou Marambaia.

"Eh, você ainda se lembra daquele velho maluco?", riu Angola.

E o seu riso aumentou mais ainda quando viu, na manhã nublada, surgir à porta do bar a figura de Irene. Vinha sorridente, o vestido decotado entremostrando a divisão dos seios. A mulher aproximou-se meiga, beijou todos no rosto e passou a mão delicada na carapinha branca de Angola, que ensaiou um novo sorriso, agradecido.

"Eu ganhando hoje no bicho vou comprar vários vestidos para você, Irene. E mais: vou pagar a tua fantasia. Quero ver você desfilando na X-9. Porta-estandarte, não vai haver outra igual...", riu Angola.

Quirino sorriu divertido e puxou a cadeira para a rapariga se sentar próximo a ele.

"Que beleza! Irene de porta-estandarte", disse Quirino, puxando um samba da escola, batucando na mesa de mármore.

"Sabe quem esteve comigo ontem à noite, Pingola?", a pergunta de Irene interrompeu o samba de Quirino.

"Quem?"

"Aquele teu amigo, o Cariri, que joga no Santos. Saiu de lá com medo de que vissem ele...", riu Irene como se não compreendesse o motivo.

"Porra, esse foi o único que se deu bem na vida. O resto dos teus amigos, Pingola, está todo por aí, fodido. Por que você não trata de aprender a jogar bola? Ainda está em tempo, moleque", comentou Marambaia.

Mas Pingola fez apenas um gesto com a testa. Marambaia riu:

"Êta país de merda! Pobre para subir na vida só sendo jogador de futebol..."

E ficaram em conversas durante a manhã toda. Só João de Angola, dizendo que precisava ir ao Itapema, levantou-se, carregando a sacola onde levava as esculturas. Dizia que ia vendê-las aos ricaços de Guarujá. Saiu. Os outros ficaram vendo como o negro velho se afastava em direção ao pontão das barcas do Itapema.

João de Angola e a sacola com as esculturas

CAPÍTULO XI

MARAMBAIA balançou o corpo velho e cansado numa agitação incomum: colocou depressa o telefone no gancho, empurrando o aparelho para detrás do balcão do *Estrela da Manhã*. Recolheu a pequena tira de papel onde anotara o resultado do jogo e saiu apressado, rua afora, em direção ao casarão da praça. Tinha o espírito sobressaltado, desde a hora do almoço, quando ouviu no rádio do bar marchas militares e boletins que diziam da movimentação de tropas no centro do país. Guardava um pressentimento de que mais uma vez os trabalhadores do cais iriam perder, não confiava naquele presidente latifundiário que afagava a cabeça dos trabalhadores e fazia promessas distantes: na hora da decisão, o presidente haveria de ficar do outro lado, com aqueles que pertenciam a sua classe, a classe dos latifundiários, dos grandes financistas, dos industriais, dos espoliadores. Mas, agora, em meio aqueles pensamentos maus, vinha uma notícia boa: subiu apressado as escadas do casarão, bateu como um desesperado na porta do quarto de João de Angola, mas não obteve resposta. Vinha descendo quando viu, do fundo do corredor, sair o moleque Pingola.

"Você não viu o Angola, rapaz?" — e, fazendo uma pausa para a respiração, acrescentou: "Desta vez, ele acertou no bicho. A profecia do velho Perematеu se confirmou, rapaz".

Primeiro, Pingola sorriu, apertando os punhos; depois, ensaiou um salto de alegria. E respondeu: "Não vi mais ele desde de manhã. Vai ver ainda anda lá pelo Guarujá. Não voltou, não".

Marambaia não deu tempo para o moleque Pingola acabar de responder: saiu apressado, descendo os degraus. Não podia perder tempo, tinha que encontrar Angola antes de todos, sumir com ele, levá-lo para algum lugar distante, desconhecido, longe do cais. Caso contrário, Angola não teria sossego: todos no cais saberiam, em breve, que o negro velho havia tirado a sorte grande no bicho. Todos conheciam a profecia do velho Perematéu, sabiam de cor o número que Angola perseguia, era sempre o mesmo número de quatro algarismos. Marambaia decidira, naquele dia, não afixar o resultado do bicho no poste da esquina de General Câmara com Constituição, mas seria inútil: talvez retardasse um pouco, mas não impediria que logo a notícia corresse célere por todo o cais. E já pressentia: o *Estrela da Manhã* se encheria de manguaceiros à espera de que Angola pagasse doses para todos; cairiam como urubus. Precisava evitar tudo isso, precisava encontrar João de Angola, antes de todos.

Ia sair em direção ao cais, mas hesitou: voltou-se para Pingola, que permanecia no alto da escadaria ainda sem saber o que fazer, e advertiu:

"Boca de siri, moleque!"

Então sim, saiu embora em direção ao cais, à Praça da República, lá por trás da Alfândega, onde desembarcavam os passageiros que vinham do Itapema, de Guarujá. Olhou as paredes descaiadas do casario velho e percebeu: a polícia tinha arrancado os cartazes que anunciavam a greve geral para o começo de abril, pichado os vivas à república sindicalista. Havia também soldados nas saídas dos armazéns das docas, viaturas da polícia na esquina da Constituição com Xavier da Silveira. Os trabalhadores olhavam os soldados, metralhadora debaixo do braço, mas não tinham medo: talvez nem soubessem ainda da movimentação de tropas no centro do país.

Marambaia não foi até o fim da Constituição, dobrou a Visconde do Rio Branco, rua estreita, de casas muito velhas que escondiam o outeiro de Santa Catarina, de botequins imundos que abrigavam putas estropiadas, bêbados cambaleantes, mendigos e crianças esfarrapadas que zanzavam por ali em busca do café cru que caía dos caminhões nas portas dos grandes armazéns. Ia em direção à Praça da República, quando viu, lá longe, o negrinho Louva-Deus vindo correndo. A princípio, seus olhos fracos confundiram o negrinho com uma criança qualquer daquelas espalhadas pela rua, mas não: o negrinho vinha desesperado, em direção a ele, como se trouxesse algum recado, algum aviso.

"Seu Marambaia, seu Marambaia, o seu Angola foi atropelado lá perto da Alfândega!", gritou o negrinho, ainda longe.

O baque fez o velho marítimo parar: esperou o negrinho aproximar, ouviu novamente as palavras desesperadas do moleque.

"Caralho!", disse. "Caralho!", repetiu. E saiu quase correndo. Ao chegar ao fim da rua, viu logo um amontoado de gente, lá defronte à Alfândega, e os soldados, que estavam na praça provavelmente à espera de alguma manifestação de estudantes ou operários, procurando fazer o povo andar, desfazer a roda. Foi correndo, abrindo passagem por entre a multidão das seis horas da tarde, até que viu: João de Angola estava estendido na calçada, junto ao muro de granito da Alfândega, o corpo torto, o olhar quase sem luz.

"A ambulância?", gritou Marambaia, ajoelhando-se ao lado do amigo. Mas não responderam; e Marambaia pressentiu que também seria inútil: João de Angola tinha poucos instantes de vida, a camisa empapada de sangue, o estômago fora arrebentado pelas rodas de um caminhão carregado do cais. Mesmo assim, o negro velho reconheceu o amigo, estendeu a mão trêmula, tentou levantar-se, mas o corpo não obedeceu. Marambaia o amparou, "calma, nego velho, calma". E tentou limpar o fio de sangue que escorria do canto da boca. Mas, nesse instante, Angola tentou falar e, ao balbuciar algumas palavras, o sangue engrossou:

"Eu ganhei, Maram..."

Então, o som estridente da sirene de uma ambulância cortou o ar: os homens se espalharam, os policiais empurraram algumas pessoas. Homens de branco saltaram da parte traseira da ambulância e recolheram o que restava de João de Angola.

CAPÍTULO XII

CHOVIA, a noite estivera fria. Um vento desolador, de fortes rajadas, arrastara consigo as folhas secas, o lixo das ruas, a lama dos morros. Durante a noite, chovera muito, os canais da cidade haviam transbordado mais uma vez — talvez por isso quase ninguém do cais se aventurara a sair de casa para velar o corpo de João de Angola. Apenas Plínio, o vagabundo, que não tinha casa, ficara a noite inteira ao lado do caixão; mas talvez tivesse sido por acaso: viera imediatamente para o hospital, assim que soubera do atropelamento de João de Angola, acompanhara passo a passo as andanças de Marambaia para tratar do enterro e, quando se predispunha a ir embora, a chuva o impedira de sair. Então, sob uma pequena luz semiescondida, à entrada do necrotério, terminou por dormir, aquietado, encolhido num banco de madeira.

Quando começaram os ruídos da manhã, Plínio viu que já havia outras pessoas no velório: mulheres da casa de madame Sílvia, Isabel, a velha locadora do casarão da praça, que, uma vez ou outra, sozinha, alteava a voz rezando a primeira parte da Ave Maria. Procurou Marambaia, mas o velho não estava por ali: talvez estivesse ainda tratando dos papéis para o enterro de João de Angola. Agora, ficaria mesmo por ali até a saída do féretro: a placa à entrada do velório indicava que o enterro seria às dez horas no cemitério do Paquetá. Plínio leu e releu os dizeres, quase sem entender. Como? Logo no cemitério do Paquetá? Surpresa tamanha, impossível! O cemitério do Paquetá, lugar sagrado para o repouso eterno dos ricos, de pomposos túmulos, aleias frondosas, onde os moradores do bairro nunca haveriam de morar. Para João de Angola, como também para Plínio, o normal seria uma vala comum, sem lápide, sem nada para identificar, no cemitério de Areia Branca, última morada de pobres e indigentes. Naturalmente, Plínio sabia que algo ocorrera: e o pensamento se desenhou de maneira clara. Só podia ser, pensou Plínio, sim, Marambaia aproveitara o dinheiro do jogo do bicho para dar ao pobre João de Angola um enterro decente. Sim, provavelmente, também comprara um túmulo no cemitério do Paquetá, pois assim João de Angola haveria de ficar para sempre no bairro que o acolhera até os seus últimos dias.

Então, Plínio sentiu uma ternura imensa por Marambaia; nem tudo no mundo era mesquinharia. Plínio sabia muito bem que ninguém deve perder a esperança na humanidade, mas, nos últimos tempos, andava cético, desiludido, perdido na corrente do tempo. Plínio nunca foi bom nem mau; foi apenas um homem que não conseguiu entender as leis da humanidade: falsificou documentos durante boa parte da vida porque nunca entendeu como um pedaço de papel poderia valer alguma coisa; e foi atirado à prisão. Quando ganhou a liberdade, já não podia reintegrar-se à sociedade porque ninguém dá trabalho a um ex-presidiário; então, tornou-se um mendigo, vivendo nas ruas, vasculhando as latas de lixo, satisfazendo-se com as migalhas que os outros atiravam, à espera apenas da morte, sem outra esperança. De repente, ali, inclinado sobre os joelhos, descobria a solidariedade, a honestidade, a amizade, valores que pareciam mortos há tanto tempo. Quando, então, ergueu a cabeça, Plínio viu o mundo com outros olhos. Rendia uma silenciosa homenagem àqueles seus semelhantes que, mesmo sem conhecerem bem o velho João de Angola, vinham até ali dar a última despedida. Mulheres que, na casa de madame Sílvia, tinham tido com o velho Angola uma simples relação profissional, o gesto mecânico de abrir as pernas. De repente, Plínio descobriu que ainda havia Deus em cada uma daquelas pessoas, que todos, inconscientemente talvez, ainda carregavam Deus, esquecido ou negado, não sabia.

CAPÍTULO XIII

"PRA MIM esse velho tinha coisa com o diabo, sempre foi cheio de mistério. Desafiava Deus e todo mundo. Não é à toa que morreu como morreu, quando podia levar uma vida boa. Azar do cacete, é praga! Uma vez tirou uma discussão com um padre, eu vi. O padre falava, ele rebatia, só vendo! Era ateu, era mesmo, batia no peito. Pra ele não tinha ninguém acima dos cabelos dele. Nem governo, nem religião, nem bandeira, nem porra nenhuma. Era de amargar..."

Silenciaram. Os homens meditaram sobre a vida de João de Angola, uns acharam que fora castigo, uma vingança, outros deram de ombros para o branco falador, marinheiro desembarcado havia tempo. Mas uma mulher de óculos verdes, o rosto muito pintado, fez o pelo-sinal, cruz credo!, avançando sobre o branco falador:

"Respeite o morto, ô filho da puta!", disse, sem conter algumas lágrimas que começaram a lhe manchar a forte maquilagem. E foi logo amparada por outra mulher que acompanhava o enterro, enquanto o homem, para evitar confusão, preferiu sair do cortejo que, agora, adentrava os portões de ferro do cemitério. Por sobre os portões, as palavras: "in pace in idipsum dormiam et requiescam".

Por instantes o moleque Pingola parou sob o portal para ler a inscrição, mas nada entendeu. Imediatamente foi obrigado a continuar o caminho: Marambaia, do lado esquerdo do caixão, segurando a outra alça dourada, olhou-o com surpresa. E fez um sinal com a cabeça: vamos. Era a primeira vez que enterrava um amigo, que entrava naquele cemitério, onde atrás, do outro lado daquele muro branco e daqueles fúnebres ciprestes, pilhara tantos marinheiros bêbados, ludibriara tantos gringos otários. Era a primeira vez que ajudava a carregar um caixão, sentia o peso, mas tinha a atenção desviada por aquele mundo estranho, aquelas pequenas casas semelhantes a capelas, pintadas de azul-celeste ou ladrilhadas de negro ou marrom, cercadas de pequenas árvores. Sabia que naquele cemitério só os ricos eram enterrados: muitos domingos, por acaso, observara os automóveis de luxo que estacionavam nas imediações — algumas vezes, até lavara uns para ganhar uma nota. Mas nunca se atrevera a entrar, tinha receio, assustava-se com as histórias que os malandros do Paquetá contavam sobre os espíritos que rondavam por ali. Enquanto caminhava, ao lado de Marambaia, de Quirino e de Nego Oswaldo, carregando o caixão, à frente da multidão, lia as inscrições dos túmulos, mas na mente martelava-lhe uma velha estória que ouvira numa roda de malandros do cais: era o caso de um pilantra acostumado a violar os túmulos dos ricaços que eram enterrados no Paquetá. Diziam que numa noite de muita chuva, o pilantra abrira o túmulo de um cadáver ainda fresco, levara um relógio de ouro maciço. Mas, desde então, o pilantra não encontrara sossego: a mulher que ele tinha passou a corneá-lo, teve de matá-la, viveu tempos na prisão, teve pesadelos atrozes, até que, um dia, descobriu — o relógio, sim, era isso, o relógio do morto — e fugiu da prisão, foi ao antigo esconderijo, apanhou o relógio, voltou ao cemitério e devolveu o relógio ao cadáver. Era uma história estranha, meditava o moleque Pingola, mas o velho Marambaia nunca acreditara nela: dizia que aquele caso fora espalhado no cais pelos *ratos*, pela polícia, para acabar com as violações de túmulos. O velho João de Angola concordara com as palavras de Marambaia: parecia que combinavam, tinham ideias iguais em quase tudo.

Lia muitos nomes desconhecidos inscritos nos túmulos, alguns estrangeiros, quase indecifráveis, até que viu com assombro uma lápide que dizia:

JOÃO DE ANGOLA,
QUE EM TODA A SUA VIDA NUNCA DEFENDEU NENHUM PARTIDO,
NENHUMA RELIGIÃO, NENHUM REGIME QUE NÃO FOSSE O
REGIME DA LIBERDADE.

Acompanhou o gesto dos demais ao baixar o caixão no chão e continuou a olhar a inscrição na sepultura: conhecia aquela inscrição, esculpida em madeira, feita pelo próprio João de Angola em vida, que, provavelmente, fora trazida pelo velho Marambaia para servir de epitáfio ao amigo. Era o desejo de João de Angola, um desejo confessado há muito tempo e, talvez, reafirmado na hora da morte. O moleque Pingola não sabia, mas já tinha visto aquela inscrição nas mãos de João de Angola, naqueles dias em que começara a aprender com o negro velho a arte de esculpir. O velho até, ao comentar certa vez sobre a inscrição, dizia que queria aquela inscrição na lápide de sua sepultura, dizia, brincando, que aquela inscrição era o resumo de toda a sua vida, uma inscrição que tirara de um antigo livro francês.

Compenetrado, Pingola observou o desenrolar do funeral. Sentiu a aproximação de Sula, um encostar suave ao seu corpo. Pousou a mão direita sobre o ombro da mulher, ouviu o repicar de sinos lá na entrada do cemitério, anunciando a chegada de outro cortejo, e percebeu um a um os muitos amigos do cais: Teodorico, sóbrio, tímido — se estivesse bêbado, certamente, faria um discurso à beira do túmulo, um discurso de voz inflamada como aqueles que costumava fazer para os trabalhadores do cais, indiferente às vaias, aos bagaços de laranja e até às pedras; Nego Oswaldo, protetor das mulheres do beira-cais; Plínio, o vagabundo, de paletó surrado, a barba de dias; o malandro Quirino, que gostava das conversas com João de Angola; Irene, ex-companheira de trabalho de Sula, mulher afável, amiga, agora dançarina do *Old Kopenhagen;* madame Sílvia, a cafetina, com seu cachorro pequinês no colo; motoristas de táxi, trabalhadores das docas, muambeiros, passadores de fumo, traficantes, putas, o velho Baixô, vendedor de bilhetes e frutas, gente do cais.

Em meio ao silêncio da noite que se aproximava, os homens desceram o caixão à sepultura. De súbito, uma voz soturna, trêmula, elevou-se: era o velho Marambaia, vacilante, a lembrar fatos da vida de João de Angola, comoventes instantes. Mas logo se calou, os olhos presos ao chão. E os coveiros arrastaram a pesada tampa cobrindo o túmulo.

Então, quando um a um todos foram se afastando, o velho Marambaia tirou do bolso do paletó uma pequena escultura de pau: era a imagem de um arqueado preto velho, as mãos juntas erguidas sobre a cabeça, num gesto de confiança na humanidade. Era o próprio João de Angola, uma autoimagem. E Marambaia colocou aquela escultura num pequeno santuário sobre o túmulo, atendendo ao último desejo do amigo.

Foram poucos os que viram o gesto do velho marítimo. Só Quirino, que, de repente, observou que dos olhos de Marambaia começavam a cair algumas lágrimas. Com surpresa sentiu, então, que também por seu rosto corriam lágrimas. Num gesto rápido, passou a mão pelos olhos e saiu embora, atrás da multidão que se afastava. Abraçou-se a Pingola e a Sula, entre ambos, e devagar, foi saindo, deixando atrás pássaros, árvores, anjos de mármore e, lá longe, uma imagem de pau.

CAPÍTULO XIV

Grandes cartazes difundiam as reivindicações dos estivadores que se agrupavam num canto da Praça José Bonifácio em frente à sede do sindicato. Era de manhã: de longe, do outro lado da praça, Pingola, sentado sob uma forte árvore, num banco de jardim, observava o movimento dos trabalhadores. Tinha a mochila arriada no chão e, ao redor, várias estatuetas — alguém se aproximava, interessava-se e, às vezes, comprava. Mas não fazia o menor esforço para vendê-las. Ficava em conversa com os vagabundos que se chegavam, antigos conhecidos do cais. Ia vendendo aos poucos as últimas estatuetas deixadas pelo velho João de Angola, enquanto com os dedos ainda inexperientes procurava esculpir outras, imitando os traços do preto velho, trabalho moroso e difícil.

Estava lá de longe olhando a movimentação dos homens, sem se preocupar, quando, de repente, percebeu que todos corriam. Os homens corriam, desapareciam pelas ruas laterais, aos gritos, como cães assustados. Lá em frente à sede do sindicato, levantavam-se altas colunas de fumaça branca — eram bombas de gás lacrimogêneo. Em meio aos gritos dos homens, ouviu o ronco de um avião que sobrevoava a cidade a baixa altura, ameaçador.

Olhou ao redor e a praça estava quase vazia: até os vagabundos que viviam aos pés do monumento à Revolução Constitucionalista de 32 tinham fugido. Não estavam mais também as putas da manhã, requenguelas, que faziam ponto ali e chegavam quando a madrugada já se ia. Viu que o padre fechava os pesados portões de madeira da Catedral, de maneira apressada. Talvez o padre soubesse o que acontecia. Ou o que ainda aconteceria. Teve medo na solidão da praça: viu que a cidade estava com a aparência de domingo, quase vazia. Mas não tinha o cheiro de domingo: só um cheiro estranho, de pólvora, um cheiro que entrava pelo nariz como se dilacerasse as carnes, um mau-cheiro que fazia arder os olhos e chorar sem querer. Recolheu as estatuetas do chão, jogou-as na mochila e saiu por uma rua estreita, bem longe do sindicato dos estivadores, onde agora a fumaça dissuadia-se, mostrando a rua vazia de gente; só, perfilados, restavam os soldados armados até os dentes.

Saiu correndo para casa. Pensou em encontrar a mulher ainda dormindo, recuperando-se da noite de trabalho: queria conversar com ela, dizer-lhe que não mais fosse ao trabalho na casa de madame Sílvia, não enquanto o filho não nascesse. No dia anterior, ela lhe tinha revelado que estava grávida. Um filho. Ele não sabia o que pensar: nunca tinha imaginado a possibilidade de ser pai. E aquela ideia o atemorizava. Teve vontade de levá-la a um enfermeiro, o enfermeiro que atendia a todas as mulheres da Boca. Mas era um assassino, sabia: já havia matado um grande número de mulheres. Mas quem iria processá-lo? Mulheres da vida, mulheres do povo. E mais: o enfermeiro deixava sempre o arreglo para a polícia, comprava fácil a liberdade de continuar matando mulheres grávidas, de continuar distribuindo remédios proibidos. Levar a mulher para arrancar o feto com aquele assassino seria como carregá-la pelo corredor da morte. Então, a ideia de ver como seria o filho cresceu. Ia deixar nascer: sabia que esse também era o desejo da mulher. Enquanto corria para casa, fechava os olhos e via a mulher parada aos pés da cama, o ventre levemente inchado.

Quase chegando em casa, viu a Praça Theresa Christina bloqueada: caminhões da polícia marítima em todos os cantos da praça, as ruas vazias, as portas do *Estrela da Manhã* arriadas, o vidro da alfaiataria do velho Alfredo quebrado. As crianças que, todas as manhãs, brincavam na praça, não estavam: também não estariam na escola do sindicato dos operários portuários que tinha as portas fechadas. Só os soldados de azul, aquela farda azul desbotada, os cassetetes compridos que os trabalhadores do cais chamavam de pés de mesa. Parou: um soldado apontava a metranca para ele. Por ali, não poderia passar. A atitude ameaçadora do soldado o fez recuar.

Viu quando um grito soou na praça e vários soldados desceram de um caminhão, as metralhadoras engatilhadas, e escalaram o pequeno muro dos fundos do prédio novo do sindicato. De longe, ouviu um novo grito na praça, solitário, sem resposta. Até que ouviu também o zunido de uma granada cortando o ar, o som de vidros espatifados. Percebeu a fumaça saindo pela janela espatifada. E ouviu novos zunidos cortando os ares. Viu os homens correrem em direção à porta do sindicato, armarem à entrada um corredor polonês. E teve pena dos homens que desciam as longas escadarias, as mãos cruzadas no alto da cabeça, e eram recebidos a socos e pontapés, enquanto corriam em direção ao caminhão coberto. Lá de longe, Pingola percebeu quando o velho Marambaia, naquele andar cambaio, saiu da fileira de homens que estavam encostados nas paredes cinzentas de umidade das velhas casas em frente à porta principal do sindicato. E foi até os soldados e deu um grito incompreensível. Percebeu quando um soldado com a culatra de um revólver acertou o velho e continuou a bater. Viu quando alguns soldados desfizeram o corredor polonês para ajudar o outro a bater no velho que, no chão, não reagia. E pensou: se o velho já não se mexia, por que ainda batiam tanto?

O soldado de azul

TERCEIRA CONFISSÃO

EU ME LEMBRO, eu era menino, mas me lembro muito bem. Podem me bater, até me deixar impotente, mas não vou esquecer nunca. Não acredito em lavagem cerebral. Saindo daqui volto àquele pedaço de cais e tudo virá de novo à mente. Eu me lembro muito bem: era menino, havia acordado há poucos instantes e estava no porão de minha casa, quando ouvi o barulho. Abri apenas um pouquinho a janela pequena da porta do porão, mas fechei logo. Com medo. Eram muitos os homens. Todos de azul, com aqueles cassetetes que os estivadores chamavam de pés de mesa. Eu vi muitos daqueles homens de azul, aquela farda sem vinco e sem brilho, bater nos trabalhadores do cais. Mas até aquele dia eu ainda não odiava os homens de azul, o ódio começou naquela manhã. Acho que foi isso. Já andei muito por aquele cais e nunca mais vi esses tais homens azuis, acho que acabaram com essa polícia. Só sei que naquele dia eram esses homens azuis. Chegaram aos bandos, em caminhões. Pararam na praça, na rua do lado de minha casa, aquela rua que leva ao cais. Armaram barricadas, como se estivessem prontos para responder ao fogo. Mas que fogo? Eu ainda não ouvira tiros naquela manhã. Na noite anterior, sim. Estávamos brincando de mocinho e bandido na praça e os homens do sindicato movimentavam-se para lá e para cá. Até que veio um homem, um velho de bochechas caídas e vermelhas, que tinha um nome de estrangeiro — eu sabia porque havia visto a fotografia dele num jornal, naquele dia da inauguração, quando o presidente da República lá esteve, fez um discurso (por trás da mesa branca e cheia de flores, eu via as letras douradas que diziam *Salão Primeiro de Maio*), e, depois, desceu até embaixo, onde havia longas mesas com tantos doces e salgados que os meus olhos gulosos nunca haviam olhado. Foi, então, que eu avancei para ele e o presidente me sorriu e estendeu a mão: foi um cumprimento demorado, a mão dele fria e úmida, o sorriso dele. Era um homem baixo, ao lado do presidente do sindicato, homem alto, que falava bem e tinha o cabelo sempre penteado, e do diretor da escola, um velho de aspecto doentio, que sempre tossia antes de falar. Foi o único presidente da República que cumprimentei até hoje: os meus amigos da escola ficaram todos com inveja, eu era um dos melhores da classe, ganhava sempre medalhas, mas não foi por isso que o presidente me cumprimentou. Talvez porque fiquei olhando para ele, admirado. E, então, veio outro homem, funcionário do sindicato, distribuindo o jornal, que tinha a fotografia do prédio novo do sindicato, todo azul e branco, mas vermelho na fachada, com aquele símbolo de duas mãos se cumprimentando, aquele símbolo que eu carregava no bolso de minha camisa branca, quando ia para a escola. O jornal tinha aquela fotografia do prédio, do presidente abraçado com os trabalhadores e de todos os diretores do sindicato, inclusive a do velho gordo de bochechas caídas, que falava como se tivesse uma batata quente na boca. Fora aquele velho que na noite anterior viera até nós, os moleques da rua, e nos avisara para ir para casa. Eu já andava desconfiado porque, naquele dia, quando cheguei ao ginásio, recebi o aviso de que as aulas estavam suspensas. De início, fiquei contente porque um dia sem aula era sempre uma alegria, mas na saída do colégio vi a professora, uma velha solteirona que os moleques diziam que dava em cima das meninas mais bonitas, toda sorridente. Por isso, imaginei: para aquela velha rabugenta estar toda satisfeita, boa coisa não estava acontecendo. Eu tinha raiva dela: um dia, na classe, ela distribuiu uns papeizinhos com aquele rosto dela que tinha algumas verrugas, dizendo que nós deveríamos dar aqueles papéis aos nossos pais para que votassem nela, mas eu não quis saber: a minha mãe era analfabeta e meu pai português e meus irmãos todos menores de idade, ninguém votava; por isso, devolvi os papéis. Mas ela insistiu; então, eu disse: nem para limpar a bunda servem. E ela ficou vermelha de raiva e me mandou falar com o diretor, que me deixou de castigo até à noite, escrevendo umas bobagens, enchendo um caderno com uma frase besta qualquer. Mas não era só por isso que eu tinha raiva dela: poucos dias antes, ela ordenou que toda a classe do segundo ano ginasial deveria comparecer à marcha que algumas mulheres da cidade estavam organizando com a colaboração dos padres. Mas eu não queria saber daquilo: os homens do sindicato me diziam que aquelas mulheres eram ricas, não trabalhavam e passavam as tardes em chás beneficentes que só beneficiavam os bolsos delas. Eu dizia isso para os meus colegas de classe, mas teve ainda uns bobos que acreditaram na professora e foram para a tal marcha carregar bandeiras. Eu desconfiava de que aquele riso de vitória da professora, na saída do colégio, tinha alguma coisa que ver com a suspensão das aulas. E, então, à noite, veio aquele velho, que falava como se tivesse uma batata quente na boca, avisar que deveríamos ir para casa porque o negócio no cais não estava bom. Mas ninguém de nós quis saber de ir para casa naquela noite: fomos andando em direção ao cais e começamos a ver os primeiros soldados ao longo dos armazéns amarelos das docas. Mais ao longe, ouvimos um matraquear de metralhadora; então, tivemos medo. E voltamos. No Paquetá, a Boca estava calma: os luminosos estavam acesos desde o *Chave de Ouro* até o Maxim's *Bar* — até mesmo o *Samba-Danças* brilhava lá para baixo —, mas quase não havia gente nas ruas. As mulheres estavam na porta dos *dancings* à espera dos homens que não vinham, muitas, aquelas que trabalhavam na casa de mulheres do *29* e da madame Sílvia já começavam a ir embora para os lados da Rua João Pessoa em busca dos bondes. Eu nunca tinha visto a zona tão desanimada como naquela noite, mas ainda não sabia de nada. E fui dormir intrigado com tanto mistério. Mesmo assim, me assustei quando, naquela manhã, abri a janelinha da porta do porão de casa bem devagar para observar o movimento na praça. Os caminhões verdes com a carroceria encapotada estavam parados em vários pontos da praça. E os homens de azul começavam a tomar posições estratégicas, uns atrás das árvores, outros rentes às paredes do *Matarazzo*, enquanto o português da banca de jornais recolhia as revistas e guardava tudo. Foi então que veio o grito de um milico de quepe: "Comunistas, vocês estão cercados!", um grito que ressoou em toda a praça, naquela manhã escura ameaçada de chuva. E percebi pela fresta da porta algumas cabecinhas que apareciam no canto das janelas de vidro do prédio novo do sindicato: os homens estavam todos lá dentro, encurralados. Ouvi, então, um pedaço de frase trazida pelo vento: "Eles estão armados. Se não saírem, vamos começar a atirar". E outra voz: "Não. É melhor evitar sangue. Vamos atirar bombas de gás". E, em poucos minutos, escutei o primeiro zunido e um barulho de vidros espatifados. Lá no canto da praça, por trás do prédio do sindicato, alguns homens de azul começavam a pular o muro, com as metralhadoras engatilhadas. A fumaça saía pelas janelas que eram abertas uma a uma. E outros zunidos cortaram o ar e novos vidros de janela foram espatifados. Então, decidi sair à rua: fui me esgueirando pela parede, cheguei até o *Estrela da Manhã*, que tinha as portas arriadas, e fiquei ao lado de alguns curiosos que só olhavam a ação dos homens de azul, sem falar nada. O milico de quepe estava atrás de um caminhão e dava as ordens dali. Um soldado veio de lá adiante e disse: "Eles vão sair". E virou-se para curiosos: "Vão embora que pode sobrar balas para vocês". Mas os curiosos continuaram amontoados. E, lá adiante, uma roda de soldados, com as metralhadoras apontadas, em frente à fachada vermelha do sindicato que tinha o símbolo com as duas mãos em cumprimento, só parecia esperar o primeiro sair para fazer fogo. E o primeiro foi o presidente do sindicato: com as mãos na cabeça, aquele mesmo ar de vitória que ele tinha quando subia ao palco do prédio velho para me entregar as medalhas da escola, com o peito estufado naquele corpo magro, pronto para receber bala. Mas a carga não veio. Vieram dois homens de azul que o agarraram pelo braço e o atiraram para dentro da roda dos soldados que o esperavam com pontapés e socos. Até que o jogaram na carroceria do caminhão. Saiu mais um: um homem de cabelos grisalhos, que ficara conhecido porque, há alguns anos, fugira em companhia de uma professora. Esse também apanhou. E assim mais um e mais outro, até que o velho de bochechas vermelhas saiu na porta, as mãos com os dedos entrelaçados no alto da cabeça, com uma cara sem medo. O velho passou sem pressa pelo corredor de soldados e entrou no caminhão. Foi a última vez que o vi: o presidente do sindicato, disseram, foi reconhecido, muitos anos mais tarde, vendendo pipocas num carrinho pela praia. Mas o velho, que parecia ter uma batata quente na boca quando falava, não mais foi visto. Disseram que todos foram levados para um navio que ficou dias e dias ancorado no meio do estuário. Mas, hoje, já ninguém acredita: tantos navios passaram por este porto, tantos ficaram ancorados no meio do estuário. Houve até quem dissesse que o velho de bochechas vermelhas e nome de estrangeiro nunca existiu.

TERCEIRA PARTE

CAPÍTULO I

DURANTE três ou quatro dias, Quirino resistiu como um louco mas, depois, a valentia, dominada pela febre, pela fome, pela dor, deu lugar ao medo. Agora já não havia salvação: da próxima vez, seria a morte. Mas não houve próxima vez: com as lágrimas escorrendo, Quirino cantou os nomes: Filomeno, Gaúcho, o velho Marambaia.

Naquela manhã, quando os homens estavam enfileirados no convés olhando o vasto mar, as torres dos moinhos e os telhados cinzentos dos armazéns, o oficial não gritou o nome de Quirino. O negro, solitário e arriado, ficou olhando as águas brilhantes de sol, enquanto uma lista de nomes era lida em voz alta. O negro sabia que o seu nome não seria gritado, tinha certeza: faziam isso como uma forma de humilhar o prisioneiro: todos sabiam que aquele que não tivesse o nome gritado pelo oficial havia cedido. E Quirino agora era um desses. Sentia vontade de sair correndo da fila, pular os sacos de areia que circundavam a amurada do navio e cair na água escura do estuário. Mas, antes, sabia, as balas das metralhadoras haveriam de retalhá-lo. Com muitos, já acontecera isso: um chegara até à amurada, ficou com o corpo em sangue durante alguns instantes dobrado na corrente da amurada, como um lutador de boxe inconsciente vergado nas cordas do ringue, até que caiu no mar. Os prisioneiros não lhe sabiam o nome, apenas desconfiavam: seria Jonas, o capitão que fugira do quartel levando armas para a guerrilha contra o novo governo? Todos sabiam que o novo governo tinha inimigos em todos os lados. Agora, muitos estavam ali reunidos.

Naquela manhã, depois da leitura dos nomes, uma lancha se aproximou do navio e descarregou novos presos: dez ou doze — o último a subir a escadinha de corda foi o velho Marambaia:

"Fiz 60 anos no mês passado. Exijo o tratamento assegurado pela jurisprudência", foram suas primeiras palavras ao embarcar, ditas com uma voz rouca, fraca.

"Não há mais jurisprudência, não há mais outra lei que não seja a da bala", respondeu-lhe, com um sorriso de sarcasmo, um oficial. E acrescentou: "E isso vai ser por muito tempo".

O velho engoliu em seco, juntou-se aos demais prisioneiros. Estava observando a fileira de homens no convés quando viu, lá quase no fim, Quirino. Seus olhos miúdos apertaram-se mais: o negro abaixou a cabeça, os olhos pregados no chão. E, então, o velho sentiu vontade de ir até lá, mas não para dizer palavras ásperas. Só que foi o negro quem, de repente, saiu da fila, desafiando as ordens, desacatando as metralhadoras apontadas, e veio até ele. Alguns prisioneiros se abaixaram imaginando que, se os soldados achassem de fuzilar o negro ali mesmo, algumas balas sobrariam no ar. Mas o oficial gritou a tempo.

"É um louco", murmuraram.

E o negro continuou até se aproximar de Marambaia. Parou, olhando o chão, os pés encardidos do velho marujo, os dedos sujos pisando uns chinelos japoneses muito gastos. Mas não disse nada. Então, o velho, a voz rouca tentou falar o mais alto possível:

"Não se torture, homem. Pois se eu mesmo me traí tantas vezes, por que você não haveria de fazer isso comigo? A resistência humana tem limites..."

Mas Quirino sentia-se um monte de merda, sem forças até para falar.

CAPÍTULO II

ALI no calabouço não havia muito o que fazer. Todos sabiam da vida de cada um: nos primeiros dias, fora o único passatempo. Mas agora as conversas rareavam: a prisão tornava os homens indóceis, fraquejava o entusiasmo. E havia ainda as propostas que os interrogadores faziam em troca de revelações. Alguns já tinham desaparecido do calabouço e os demais prisioneiros não sabiam se eles haviam morrido ou se decidido a colaborar com os novos homens do poder. Todas as suspeitas eram levantadas, não havia mais a solidariedade dos primeiros dias. Os homens que voltavam dos interrogatórios vinham estropiados, mas ninguém sabia até que ponto tinham resistido. E desconfiavam de que, agora, esses poderiam estar do outro lado: por experiência própria, os prisioneiros sabiam que a mente humana era frágil. Os inquisidores também.

De vez em quando, uma ocasião qualquer na semana, os homens podiam subir para tomar sol sob a mira silenciosa das metralhadoras. De lá de longe, ao largo do estuário, podia-se ver o porto em movimento, os navios ancorados, os guindastes cortando o ar, o vento do mar levando as nuvens para o continente. Era um prazer: os ex-trabalhadores das docas reuniam-se para lembrar como era um determinado vapor por dentro. Conversas bobas, casos fúteis ocorridos durante o trabalho naqueles anos todos de cais. Já ninguém falava mais sobre as reivindicações. As informações que vinham, às vezes arrancadas dos próprios soldados, eram de que os salários haviam sido cortados violentamente, as vantagens, as conquistas sociais, como aquelas de salário-chuva, de trabalho insalubre e outras, tinham sido revogadas. No cais, os homens agora trabalhavam em silêncio e ninguém mais levantava a voz para reclamar algo. Aceitavam tudo passivamente: como uma forca no centro da praça principal de uma pequena cidade, aquele navio estava ali no meio do estuário a lembrar aos mais afoitos e aos incrédulos que os tempos haviam mudado.

CAPÍTULO III

OS PORÕES do navio estavam transformados em um grande calabouço, cheirando a mijo, suor e merda. Aqueles que tinham caído primeiro dormiam em colchões, mas, com a chegada de novos prisioneiros, tudo ficara insuficiente: as roupas, a comida, os colchões. Os mais novos deitavam-se no chão ou, um ou outro, aproveitavam o colchão de um réu político que não resistira ao interrogatório — ou talvez tivesse passado para o outro lado. Alguns tinham sido levados num pequeno avião para bem longe: os homens temiam que agora esses estivessem no bucho dos tubarões. Todos tinham medo, desconfiavam uns dos outros — os tempos românticos, quando a solidariedade era cantada pelos pequenos grupos de atores que, às terças e quintas-feiras, encenavam peças no pequeno palco do sindicato dos metalúrgicos, estavam esquecidos. Os homens maldiziam o dia em que haviam entrado naquela merda de política e o que queriam era só uma oportunidade para voltar ao lar, conseguir um novo emprego e sobreviver. A maioria desconhecia o significado daquelas palavras que os interrogadores insistiam em pronunciar. Mas não estavam sós: os interrogadores também não sabiam o que significavam. Era como se fossem atores, mas as dores, os gritos, a carne dilacerada e as torturas mostravam a todo instante que aquilo era real, uma atroz realidade.

Enfileirados um a um, os homens viam no rosto barbado, encovado, vincado do companheiro a própria situação. Os olhos eram tristes, acuados, medrosos — alguns poucos mostravam-se altivos, a cabeça levantada. Seria fácil perceber, entre todos, o ladrão hipócrita, que manejara sem escrúpulos os fundos do sindicato em proveito próprio; o político bem-falante que vira naqueles homens maltratados do cais a possibilidade de subir na vida, de frequentar os silenciosos túneis do tempo da nova capital da República, de participar das grandes negociatas, de barganhar com o poder dos trabalhadores em benefício próprio; o traidor que não hesitara, no instante de salvar a pele, em apontar o esconderijo dos companheiros; o pelego que vivera de favores do governo deposto e ainda sonhava vir a servir os novos homens do poder; o estudante profissional que aliciara tantos jovens para uma revolução que não existia, que não tinha estrutura, que não ia vencer nunca; o revolucionário puro que imaginava, com dor e solidão, a materialização dos ideais que defendera com tanto sacrifício nos últimos tempos: aqueles ideais tão puros manipulados pelas mãos sujas dos pelegos, dos burocratas, dos políticos — todos aqueles que ali estavam e que, no poder, não seriam em nada diferentes daqueles que agora os açoitavam; o jovem inocente de olhar perdido que apenas, ali, na solidão do calabouço, descobria o amor que tinha por uma mulher, mas que agora já não existia mais, fora-se embora, sumira da vida; o filho arrependido que só agora entendia, enfim, a razão de antigas palavras do pai, mas inutilmente porque o pai já estava morto; o pobre intelectual que passara a vida levando porradas, sem tempo para curar antigas tristezas ou reparar velhos desencontros, que já não se importava com mais nada — a vida só fora de azares, de desgraças, que mais uma não iria alterar muito; o trabalhador, cansado daquela espoliação, de ver a mulher envelhecer tão precocemente, de ver os filhos doentios, que aderira à causa por não aguentar mais aquela opressão, que participara de tantas manifestações, muitas vezes sem saber o que propunham, muitas vezes fazendo o jogo dos poderosos sem o saber, tantas vezes lutando com os policiais nas ruas, mas que, agora, como se repentinamente o enigma estivesse aclarado, descobria que novamente os ricos tinham vencido, que uma vez mais, se por acaso ainda viesse a abandonar aquele navio imundo, teria que carregar sacos nas costas, que encher de suor aquelas ruas negras do cais — ou talvez nem mais nos empregos do cais fosse aceito, nem nas fábricas, nem nas casas de comércio —, ou de, num momento de cólera, sair por aí atirando, sem pedir licença, roubando, saqueando porque em casa a mulher estava à morte, os filhos com fome, as prateleiras vazias.

CAPÍTULO IV

QUE dia seria? Ali, no calabouço, era sempre noite. Quirino revirou-se no chão frio do navio. Pensava estar só. Mas, na penumbra, seus olhos inchados e embaçados firmaram-se por instantes e puderam ver à distância um vulto. O outro tinha os olhos bem abertos, que brilhavam na escuridão, aterrorizados. Estava encostado num estrado, as pernas esticadas no chão. Quirino percebeu uma enorme poça ao lado do vulto; então, o cheiro de mijo e merda acabou por despertá-lo de uma vez.

Levantou-se. O outro murmurou algo.

"Água", pediu.

Quirino sentiu que também tinha sede. Mas ali não havia água: correu os olhos inutilmente pela escuridão.

"Te foderam muito?"

O outro só gemeu. Tinha as mãos agarradas à barriga — talvez sentisse dores. Era um branco, quase loiro, magro, de olhos saltados. Não o conhecia. Nunca o tinha visto durante as filas que se formavam, às vezes, no convés. Talvez tivesse chegado há pouco tempo.

"Quero morrer", gemeu o outro.

"Calma", pediu Quirino, sem saber mais o que dizer. Então, ouviu passos. Voltou-se e viu a luz de uma lanterna. Eram os homens de novo. Uma voz cavernosa veio da direção da luz: o outro fechou seus olhos aterrorizados e deixou a cabeça pender sobre o peito — talvez fingisse, pensou Quirino. Ou talvez não tivesse suportado a ideia de que poderia novamente ser conduzido a uma daquelas salas de tortura.

"Esse já está bem fodido. Agora, é a tua vez", a voz estava próxima, mas Quirino não podia distinguir-lhe o dono. O foco da lanterna estava disparado na direção de seu rosto, cegava-lhe.

“Vamos”, disse outra voz. “Anda. Deixa esse monte de merda aí. Se ele morrer, amanhã os peixes terão um banquete.”

Quirino sentiu em seus ombros as mãos fortes daquele que falava. Sentiu o empurrão e caminhou para onde possivelmente estava a saída. Andou e viu as escadas de degraus juntos à parede — tinha prática em subir aquelas escadas, lembrou dos tempos de foguista.

“Devagar”, ouviu novamente a voz cavernosa.

“Esse está muito fogoso”, comentou a outra voz e riu. Era a voz daquele que o empurrara, percebeu — devia ser um homem muito forte.

Ao chegar ao compartimento superior, havia luz. Esperou que os outros chegassem — seria inútil fugir. Aqueles cães sabiam disso e não tinham pressa — pareciam até incentivar o prisioneiro à fuga: lá em cima, as metralhadoras engatilhadas.

Quirino pôde ver os rostos dos dois homens: o que segurava a lanterna era baixo, tinha uma voz sepulcral; o outro era realmente forte, de feições nordestinas, cabeça chata. Mas foi apenas por instantes: imediatamente, os dois caíram sobre ele a tapas e empurrões, mandando-o para dentro de um quarto. Atrás ficara o corredor silencioso e longo, de estranhos labirintos.

Colocaram Quirino sobre uma mesa comprida, tiraram-lhe a roupa, abriram-lhe as pernas e os braços e amarraram as mãos e os pés nas beiradas.

“Você vai cantar logo ou vai querer dar trabalho?”, perguntou o nordestino.

Quirino fechou os olhos como se quisesse se abstrair daquele momento, como se aquilo não estivesse ocorrendo com ele. Mas foi inútil: jogaram-lhe água fria.

“Vai falando, filho da puta. Por que fez o carregamento?”, indagou o da voz cavernosa.

“Por dinheiro”, respondeu firme Quirino. “Foi só para ganhar alguma grana. Não sabia que tinha armas no caminhão.”

“Conversa!”, gritou a voz tenebrosa. E Quirino sentiu o

primeiro choque: seu corpo sacudiu-se selvagemente.

"Você sempre recebeu dinheiro do partido. Ou não? De que vivia, então? Há muito que você não voltava ao mar...", disse o mais baixo.

"Voltou agora. Meio a contragosto, não é?", riu o cabeça-chata, achando graça da própria piada.

"Não é nada disso. Sempre trabalhei."

"Porra nenhuma", contestou o cabeça-chata. "Nós sabemos: você não tinha emprego em lugar nenhum."

"Eu vivia no cais. Fazia alguns serviços. Às vezes, dava duro de bagrinho, quando tinha serviço. Às vezes, aplicava o gogó nos gringos. Ou passava muambas. Nada de política. A Dalva do *29* também me dava dinheiro... Era minha mãezinha..."

"Cafetão de merda", gritou o cabeça-chata, acertando um murro na barriga de Quirino, que quis se encolher, mas estava com as mãos e os pés presos.

"Mentira. Você vivia de contribuições do partido. Nós sabemos disso, não adianta querer nos enganar", disse o mais baixo. Era um homem quase gordo, atarracado, que fumava lentamente, soltando círculos de fumaça.

"Não. Nunca fui filiado a porra nenhuma. Aceitei fazer o transporte das armas para ganhar alguns cobres. Só isso."

"Eh, então, você sabia que transportava armas. Vê, o filho da puta se entrega sozinho. Melhor assim", afirmou o nordestino.

"Não!", gritou Quirino. "Naquela altura, eu não sabia. Me disseram para buscar as armas na fronteira com o Paraguai. Fui lá. Mas eu não sabia que eram armas. Falaram em uísque. Pra mim, era uísque o que eu trazia..."

"O quê que há, malandro? Vai querer dar uma de trouxa?", o nordestino estava impaciente. "Você sempre teve ideias esquisitas. Temos a sua ficha: e as confusões a bordo? Vê lá, senão você não sai vivo daqui. Temos carta branca, podemos sumir com quem a gente quiser. Ninguém vai nos apertar, ninguém, ouviu, otário?"

"Está bem. Parem. Eu sabia que eram armas. Mas eu fui por dinheiro. Fiz também um carregamento de armas daqui de Santos para uma fazenda do interior. Armas americanas, tá entendendo? Armas para os empresários de São Paulo. Todos estavam se preparando para a guerra civil. Eu trabalhei para os dois lados, sabe dessa? Eu quero que se foda todo mundo. Eu sempre estive a fim de grana, morou?"

"Eh, rapaz. Então, foda-se. Quem mandou jogar nos dois lados?", disse o gordo.

"É isso mesmo. Foda-se", acrescentou o nordestino.

"Sempre tive as minhas ideias. Nunca fui burro como vocês que fazem tudo sem perguntar nada!"

"Somos nós os burros, heim?", perguntou o nordestino, agarrando Quirino pelos cabelos, puxando sua cabeça, retesando os seus braços amarrados às pernas da mesa. "Somos burros, sim. Quando mudar o governo, nós continuaremos aqui, sempre. Mesmo que fosse o outro lado que tivesse ganho, nós estaríamos aqui. Somos necessários. Sempre seremos."

"Otário é você que se filiou a uma merda de organização. Que ganhou com isso? É um fodido que anda aí...", riu o gordo.

"Me filiei, o caralho! Larguei essa merda há mais de vinte anos. Estou querendo que o mundo se foda. Nunca acreditei na espécie. É o homem que não presta. Ideologia nenhuma vai mudar isso. Seria preciso começar tudo de novo."

"Pra você vai começar. Vai morrer", riu de novo o gordo.

"Então, acaba logo essa merda. Pra mim tudo isso é um absurdo. Viver mais vinte anos ou morrer agora, pra mim é indiferente. Não tem sentido..."

Quirino sob tortura

CAPÍTULO V

DESDE o primeiro momento, desde o dia em que viu o velho Marambaia no convés do navio, ao lado de outros prisioneiros, Quirino não teve coragem de olhá-lo nos olhos. Cantara o nome do velho — por quê? Não sabia. Já não tinha consciência de quem era: quando lhe iam falando de nomes, apenas balançava a cabeça. Ao ouvir o nome de Marambaia, sentiu uma lucidez repentina: o velho tinha um passado de revolucionário, mas, agora, com mais de sessenta anos, não queria saber de mais nada — nem podia. Era bicheiro, contraventor, explorava a esperança do povo — que fim mais triste poderia ter um revolucionário? Para Quirino, já bastava a pena de vê-lo torturado por sua consciência. Mas os homens insistiam no nome de Marambaia — certamente, sabiam que eram amigos. Então, Quirino cantou: sim, Marambaia, sim. Marambaia participava de reuniões no sindicato dos foguistas, mas algo sem compromisso, sem conspirações. Tinha experiência, era isso. Lembrava casos de seu tempo. Mas nada de política organizada; nem ele, Quirino. Também ele não participava, ia de vez em quando. Tampouco lhe interessava a política ou a revolução social. Já tinha passado desse tempo: agora era um hipócrita. Marambaia o tinha definido como um anarquista reacionário que odiava a civilização. E não deixava de ter razão: uma civilização que era capaz de produzir homens como aqueles dois torturadores, que se compraziam em mutilar os semelhantes, só merecia ódio. Marambaia tinha razão, mas ainda era um puro: apesar de todos os fracassos, ainda acreditava nos homens, ficava feliz ao ver os homens reunidos no sindicato, ao ver os estudantes na rua, ao participar com os trabalhadores das greves no cais. E por isso Quirino se sentia tão vil como os torturadores: ele próprio era um motivo a mais para que aumentasse o seu ódio contra a civilização.

Envilecido, solitário, não acompanhava os grupos de prisioneiros nos passeios pelo convés, de manhã, quando sob a mira das metrancas era permitido tomar sol. Preferia esquivar-se sozinho pelos cantos, olhando, lá de longe, do meio do estuário, as ruas velhas do porto, as barcaças amarradas ao cais. Ficar imóvel contemplando a silhueta da cidade velha: à direita, os bondes subindo e descendo a encosta do Monte Serrat — vinha-lhe a ideia de, um dia, vasculhar aquele morro à procura de uma passagem subterrânea, que um velho professor assegurara existir, mas sem saber explicá-la: teria sido o refúgio de portugueses quando dos ataques dos franceses? Ou seria algo mais antigo, um túnel construído por uma civilização anterior? —, à esquerda, os negros edifícios que iam surgindo a cada dia, a longa orla do cais que se ia perdendo no horizonte. No silêncio, ficava a observar aquela cidade cinzenta e melancólica, tão familiar, conhecida desde sempre, que o tinha recebido para a vida e também atirado ao mar para conhecer outros lugares. Viajara muito, encontrara semelhanças em outros portos, nas pedras escuras de todos os portos, nos pontilhões de atracação, aquela cor invariável trabalhada pelo sal, o limo, a água escura, o óleo largado pelos navios, os excrementos. Viajara muito, mas sempre voltara, como os pássaros acostumados às longas travessias migratórias. Outras vezes contemplara aquela cidade do convés de um navio, mas de um cargueiro, não de um navio-prisão. Essa era a realidade que o despertava dos pensamentos, que fazia o coração bater mais depressa, uma inquietação que escorria nas veias e provocava um gosto amargo de impotência na boca.

Ao voltar os olhos para o próprio navio, viu o velho Marambaia que se aproximava; vinha de um grupo de homens, talvez já tivesse discutido com os demais prisioneiros a situação de cada um. Tinha experiência nessas situações, embora a saúde agora não lhe permitisse alimentar sonhos de rebelião. Era impossível — todos reconheciam. E, além do mais, naquelas circunstâncias, seria loucura pensar em algo assim: reuniam-se ali homens de várias tendências, até oportunistas, corruptos, homens sem qualquer ideal, que apenas aguardavam a primeira oportunidade para passar para o outro lado, mesmo que fosse à custa de entregar algum companheiro de prisão.

Mas Marambaia vinha andando com aquele jeito cambaio de homem do mar, vinha sorrindo, como se não guardasse nenhum rancor. Então, Quirino não olhou mais com o rabo-do-olho: teve coragem de encará-lo. E sorriu quando viu o velho sorrindo, de braços abertos. E se abriu para o abraço demorado, apertado. Quirino sentiu outra vez o sangue gelado, um arrebatamento incompreensível, um bater do coração, um soluço, um nó na garganta e uma vontade de chorar:

"Velho, você não ficou puto comigo, ficou? Que porra de sentimento você tem? Até um filho da puta como eu, você é capaz de perdoar?"

"Quirino", murmurou Marambaia.

Quirino se despregou do abraço, deixou os braços caídos e falou como um bêbado:

"Vê, velho. Sou uma ruína."

Tinha os olhos opacos, chorosos, quebradiços.

"Não pense nisso, Quirino. O homem não é um ser coerente. O torturador e o torturado, o traidor e o traído convivem dentro de nós", disse Marambaia.

"Que merda de pensamento esse, velho. É isso o anarquismo, o anarquismo de Perematеu e de João de Angola?"

"Não, Quirino. Não fale mais em anarquismo, que isso não existe mais. É só um código de conduta moral, nada mais; não é uma força revolucionária. Eu fui anarquista na minha juventude por influência de Perdigão Saavedra, um espanhol que morou aqui durante muito tempo. Naquele tempo, acreditávamos no anarquismo, mas depois as cisões, as debandadas... Hoje, não sou anarquista, há muito tempo que deixei de lado essas ideias. Ainda era muito novo, quando Perdigão Saavedra foi deportado e passei para o lado dos vermelhos. Eu gostaria de ser anarquista, mas me falta o principal: amar a humanidade. Sou como você, não tenho esse amor..."

"Eu tinha jurado nunca mais me meter em política. Mas a gente, no fundo, sempre tem uma esperança. E, desta vez, parecia que, finalmente, os operários estavam fortes. Eu quis ajudar... Eu estava farto de entrar em apartamentos grã-finos, dizer que era da Telefônica e levar tudo o que era possível. Eu gosto de emoções, carregar as armas foi emocionante — vê, é disso que eu gosto."

"Mas você não tinha se largado do partido desde quando abandonou a navegação? Por que se meteu nessa de carregar armas?"

"Olha, não eram bem armas, eram explosivos. Pintou o serviço. Os caras adiantaram uma grana, muita. Uni as duas coisas. E quer saber de uma coisa? Esse partido tem muita molecada de botequim, esses caras que leram meia dúzia de livros, mas na hora de carregar os explosivos, eles não vão. Pagam para alguém ir. Então, eles procuram os velhos, os homens de briga. É isso."

"E para que eram?"

"Os explosivos? Eram para a refinaria. Os caras iam explodir aquela merda, se desse certo a revolução. Um milico tomou aquela merda no tapa, desarmou os explosivos. Aí me entregaram: os revolucionários de botequim falaram que eu tinha carregado as bombas pra lá. Aí me apertaram. Os que eu conhecia já tinham caído. Perguntaram de outros, perguntaram de você. Eles batiam e perguntavam de você. Eu..."

CAPÍTULO VI

NAQUELE tempo, Quirino andava magro e pálido, aquela cor indefinida de negro sem saúde. Havia pouco tempo, os novos homens do governo tinham-lhe dado a liberdade: só uns poucos ainda estavam em prisões; o navio, que ficara tantos dias e noites ao largo do cais, voltara à linha normal. Alguns haviam sumido simplesmente, mas, naquele tempo, ninguém ainda imaginava os tempos difíceis que viriam, os tempos de terror.

Só levava lembranças para dividir, más lembranças, dos gritos e gemidos que se ouviam à noite no navio, mas no cais, naquele tempo, todos tinham medo daquelas conversas. Os caguetes estavam espalhados por todos os lados, os trabalhadores valentes haviam sido despedidos das docas e poucos eram os que se reuniam no *Estrela da Manhã*, no *Bar Papagaio* ou no *Flor do Cais*, lá no Golfo. Todos preferiam conversas amenas, como futebol, e comentavam o último resultado do Glorioso, time dos foguistas e dos vagabundos da Xavier da Silveira, ou do Paquetá, o time da caveira nascido numa das esquinas do cemitério, que começava a disputar o campeonato varzeano da cidade.

Havia pouco tempo que Quirino voltara. A liberdade agora era apenas os passeios pela boca do cais, de madrugada, perambulando entre uma boate e outra. Para viver, Quirino fazia, de vez em quando, algum servicinho: arrumar maconha para os filhinhos-de-papai, que vinham lá do outro lado da cidade, ou aplicar o conto da calça *Lee*, quando então ia com qualquer zé-mané até o armazém doze, mandava o outro ficar esperando do lado de fora do portão de ferro, junto ao escritório das docas, subia no primeiro navio, lá em cima falava com um gringo ao acaso, gesticulava, dizia alguma besteira e virava, lá de longe, com um gesto positivo com o polegar; então, descia, pegava o dinheiro do otário, dizia para o loque ficar esperando que ele ia buscar a mercadoria e saía pelo outro lado do armazém, ia embora com o dinheiro e não aparecia mais. Já não tinha saúde para os trabalhos mais difíceis, recusava qualquer convite para um serviço que podia dar sujeira, não queria saber de complicações com os *ratos*: tinha certeza de que, se caísse outra vez na prisão, não sairia mais.

Foi por esse tempo, quase no fim da vida, que Quirino descobriu que amava Irene, a mais famosa *strip* do *Old Kopenhagen*. Todas as noites, depois de andar ao azar pela boca, parava no *Old*, puxava uma conversa com Ângelo Diabo Loiro, o leão-de-chácara — uma forma de evitar ter que ficar tomando cerveja no balcão a fazer hora enquanto a dança de Irene não começava. Tudo porque uma cerveja na boate custava quase sempre o triplo do preço cobrado num bar comum — e só mesmo um zé-coió podia aturar um desaforo daquele. Ângelo Diabo Loiro sabia disso e dava força para Quirino: às vezes, até arrumava uma cerveja de graça. Eram amigos: numa noite, quando Diabo Loiro ainda era motorista de praça, fora Quirino, por acaso, quem o socorrera a tempo numa vala, lá pelos lados da estrada de Cubatão. Era de madrugada e Quirino vinha com um caminhão carregado de explosivos para quando a revolução chegasse. Foi então que viu ao lado da estrada, numa vala, um corpo esparramado em sangue: era Diabo Loiro, que havia sofrido um assalto. Nesse tempo, Diabo Loiro ficou ainda quase uma semana entre a vida e a morte por causa das pancadas na cabeça e, quando saiu outra vez ao mundo, já tinha tomado a decisão de abandonar os riscos da profissão de motorista de táxi.

Quirino ficava ali, na penumbra, até bem tarde, até às quatro da manhã, quando Irene fazia o último show da noite: ia tirando o manto prateado e longo, que ficava azul e vermelho ao rodar das luzes, o colar de pedras de vidro, que brilhavam como os seus lábios cheios de purpurina, os seus dentes brancos e grandes, os seus olhos negros; ia tirando o sutiã e apareciam os seios duros e recurvos, que tinham duas estrelas prateadas escondendo os bicos; ia tirando a calcinha até que as luzes da boate se apagavam e ela saía saltitante, no escuro, correndo para o camarim.

Quirino ficava ali encostado no balcão, bebericando a cerveja ou conversando com Ângelo Diabo Loiro, mas o pensamento estava em Irene. Conhecera-a há algum tempo — talvez um ano —, mas, naquela época, a luta política o absorvia. E, além disso, havia a velha Dalva, do *29*, que, além do amor, dava-lhe dinheiro. Conhecera Irene logo que ela apareceu no Paquetá, enviada por uma antiga mulher da casa de madame Sílvia. Viera de Caratinga, do interior de Minas Gerais, depois de um casamento fracassado. Sem ninguém, não tivera alternativa senão correr o país — até que acabou dando no Paquetá, final de linha de tantos viajantes. Tinha sido essa a história que ela contara, quando, num começo de noite, foi até o *Estrela da Manhã* para jantar. Quirino estava ali naquela mesa do fundo do bar, junto com Marambaia e o moleque Pingola, quando ela se sentou sorridente. E Marambaia puxou conversa: então, o velho começou a lhe dar conselhos e disse que ela poderia ganhar muito mais trabalhando nas boates grã-finas do cais do que numa casa de mulheres safadas como a de madame Sílvia, aturando homens a noite inteira. "Numa boate, toda noite você pode arrumar um coronel que vai lhe pagar muito mais do que todos esses frequentadores da madame Sílvia juntos. E, além de tudo, você pode ser bailarina", disse o velho. "Mas eu não sei dançar, senhor", disse Irene, com aquela voz de respeito. "Isso é fácil. A gente sempre dá um jeito", falou o velho, piscando um olho.

Quirino lembrava bem do sorriso de Irene naquele início de noite; naquele mesmo dia, mais tarde, foi até a casa de madame Sílvia, encontrou Irene, trocou meia-dúzia de palavras e foi com ela para o quarto: tinha sido a única vez que dormira com Irene. Lembrava com detalhes: ela mostrava cansaço, já não tinha aquele sorriso do começo da noite. E Quirino sentiu pena: quando a revolução viesse, as mulheres não precisariam mais de trabalhar naquele ofício, haveria emprego para todas. Lembrava-se daquele pensamento, tolas ilusões. Tirava um cigarro e se levantava da banqueta junto ao balcão, ia até o fundo da boate, ao banheiro. Ficava naquela espera diária pelo show de Irene e perdia-se em recordações como aquela: estava cansada, nua, aninhada contra o seu peito. "Você acha que aquele senhor vai mesmo arrumar para que eu seja bailarina?" E Quirino: "Vai sim, não se preocupe". Conversas entremeadas de carinhos, sem esforço, Quirino sobre ela, até que o gozo veio completo, sem nenhum gesto brusco. Então, numa daquelas noites da prisão, Quirino descobriu que amava Irene: foi preciso aquele tempo todo, desde que a conhecera, para descobrir que a amava: aquela noite, o gozo sem qualquer esforço, era uma prova. Mas foi necessário também que, uma noite, na prisão dos porões do navio, um companheiro lhe dissesse: "Os índios amam assim. Não fazem muito esforço para gozar, é algo mais espiritual. O mexe-mexe é coisa do homem branco", dizia o companheiro, que tinha vivido um bom tempo no Xingu.

Encostado no balcão, bebericando a cerveja arrumada por Ângelo Diabo Loiro, Quirino tinha a sensação de que seu rosto envelhecia rapidamente: estava magro, a doença parecia-lhe comer o corpo. Olhou-se no espelho atrás do balcão, viu-se envolto pela penumbra da boate, pela fumaça dos cigarros. A prisão o havia destruído: o fim estava próximo, pressentia. Talvez por isso desejava agora desesperadamente Irene, como se fosse o seu último desejo na vida. Não queria morrer sozinho, era isso. Não queria morrer sem ter pelo menos a mão macia de uma mulher para agarrar diante da perspectiva inevitável da morte. E essa mulher só poderia ser Irene: com qual outra tivera um gozo tão pleno? Houvera outras mulheres, sim. Tantas. Mas amores passageiros, descompromissados. E em todas encontrara defeitos. Em Irene, não. Talvez porque ainda não a conhecia direito, mas a adorava como mulher, as suas formas, a sua dança. Tinha apenas aquela recordação de há talvez um ano, quando fora com ela para o quarto na casa de madame Sílvia, recordação que lhe ajudara a suportar os dias de prisão, que lhe fizera agarrar desesperadamente a vida.

E agora que estava ali, livre, diante dela, noite a noite, com a música do piano de Chamorro decorada nota por nota, ela nem parecia reconhecê-lo. Pensava em mandar-lhe um recado por Ângelo Diabo Loiro, uma proposta de encontro, mas hesitava: um resto de dignidade de quem já tivera as melhores mulheres da Boca sem precisar fazer muito esforço. Agora não: estava envelhecido precocemente, doente. Foi então que, num dia, decidiu falar-lhe. Ela estava entre uma mesa e outra, um vestido bem decotado, aqueles seios recurvos que apareciam cobertos por pequenas estrelas prateadas ao final do *streap-tease*, quando Quirino ensaiou alguns passos, como se fosse ao banheiro, lá no fundo da boate, ao lado do palco, no caminho do camarim. Foi, passou ao seu lado e ela nem o percebeu. Então, Quirino continuou até o banheiro. Na volta, Irene estava na passagem:

"Preciso falar com você."

"Agora não posso. Estou trabalhando."

CAPÍTULO VII

(LÁ FORA nas ruas, a última chuva do inverno. Os homens do cais sabiam pelo vento morno que começava a invadir a cidade. Agora, seria o sol: até maio ou junho. E era ainda fim de agosto: nas ruas os casacos leves eram substituídos por camisas simples. Ali o inverno nunca era rigoroso — apenas aquela chuva insistente que deixava lama por todo o cais. Agora, com o verão viriam novas chuvas — rápidas, destruidoras, capazes de derrubar morros, virar catraias no estuário.)

"Já está calor, não, Quirino?"

"É, já está. Logo as mulheres começarão a sair com as costas de fora. Ah, o verão. Não há nada como o verão para mostrar a beleza das mulheres."

"Você continua o mesmo romântico. Irrecuperável."

"Ainda bem, não?"

"Ah."

"Rindo de quê?"

"De nada..."

"Fala..."

"De você. A cara que você fez ao me procurar ontem aqui."

"Que tem?"

"Precisava aquele ar sério? Pensa que eu me esqueci de você?"

"É. Mas bem que você fez pouco caso. 'Agora não posso' — não foi isso o que você disse?"

"Mas não podia mesmo, bobinho. Tinha de me preparar para o último show."

"Já não tinha mais show. Perguntei ao Diabo Loiro."

"Mentira. Ah, você anda por fora. As coisas mudaram muito por aqui, desde que prenderam você. Os grã-finos estão invadindo isto aqui, não são mais só os marinheiros. Os ricaços também. Agora, precisa ver as madames: elas chegam acompanhadas, saltam dos carros e entram correndo nas boates. Têm medo das ruas, dos vagabundos, das piranhas que ficam zanzando pelas calçadas. É o maior barato. Teve uma que marcou bobeira na porta outro dia e se deu mal: duas piranhas ensaiaram uma briga, embolaram na madame e acabaram arrastando tudo dela — os broches, os colares, as pulseiras. Os homens que estavam perto não se meteram."

"É, mudou muito este cais. Percebi já. Até você mudou, menina. Já não é mais aquela garota assustada da casa da madame Sílvia. Virou *strip*, vê só! Nem tem mais tempo para perder com um qualquer."

"Quê isso?! Bem que vi que era você. Mas não deu para reconhecer logo, Quirino. Os homens te arrebentaram muito, sabe? Te foderam muito, criança. Só depois é que te reconheci. A voz. Foi isso. Pela voz. 'Preciso falar com você' — não foi assim que você disse? Na hora, não percebi, moreno. Mas a voz ficou martelando na cabeça. Quando eu estava me preparando para o show, veio o estalo: você! Como eu poderia te reconhecer? — você está tão magro, criança. Mas você vai ficar bom, vai. Faz tempo que os homens te soltaram?"

"Há duas semanas."

"Nossa! Você nem arrumou lugar para dormir: arrumou? Vai ver ficou zanzando por aí, de hotel em hotel, até agora. Você devia ter insistido comigo. Você não viu que eu não tinha reconhecido mesmo? Ah, Deus!, como pôde? E a minha casa sem ninguém ontem. Eu fui dormir com um coronel, sabe? Grana na parada, muita. Essa porra de *strip* é só para valorizar a gente, mas, no fundo, ainda é a mesma coisa da madame Sílvia. Só que não é tanto sacrifício, tanta gente, aquela fila no corredor, aqueles homens à espera. Aquilo me deprimia, Quirino, você sabe."

"Sei, menina."

"Mas o problema é você. Ainda bem que você apareceu

esta tarde aqui. Depois que vi que era você, pensei que você não iria aparecer mais. Conheço você, seu orgulho. Eu até falei com o Diabo, mas você já tinha ido. Ele não sabia pra onde. Acho que nem você sabia pra onde ia. Mas agora você está aqui. Você me promete que vai para a minha casa. Olha, vou te dar a chave. Você precisa descansar. Eu não vou porque tenho de ficar para o ensaio. Vou emendar, mas pedirei para sair mais cedo. Vou correndo. Quero dormir no teu peito. Mas você está triste, Quirino? O pior já passou, criança. A tua revolução nem saiu, sufocaram antes, não foi? Te lembra de quando você disse que depois da revolução iam acabar com os puteiros, os cabarés, como na Espanha... na Espanha, não foi? Você tinha medo de que depois da revolução vitoriosa começasse a briga interna, como na Espanha, não? Você tinha medo dos homens não se entenderem. Como você sonhava... Mas a revolução morreu antes de nascer, Quirino, não morreu? Aqui no cais ninguém mais fala nela, os que ainda garantiram o emprego nas docas não querem saber mais de nada, tá todo mundo quieto."

"É. Não dá mais pé. Vai demorar muito para vir outra. Você não sabe como vai demorar. Não vai ser pra mim. Não sei se duro até lá. O cerco vai apertar cada vez mais. Vai ser uma foda!"

"Mas não pense mais nisso. Você só pensou nisso esse tempo todo. Não precisamos mais falar disso. A gente não deve falar mais. Agora é recomeçar."

CAPÍTULO VIII

MARAMBAIA estava bebendo cerveja, sozinho, na mesa próxima à porta lateral do *Estrela da Manhã*, que dava para a Rua General Câmara, ali onde, antes do golpe, tinha montada a sua banca de jogo de bicho. Não havia ar fresco, era uma tarde típica de verão, abafada: as árvores da praça nem se moviam. Não procurara mais o banqueiro do jogo, mas já sabia que tinha sido substituído por outro; agora, a banca do Paquetá estava armada numa mercearia entre Constituição e Amador Bueno — era um português quem dela tomava conta.

Não pensava em ir procurá-lo, tinha decidido não mais mexer com aquela coisa, embora, na prisão, em nenhum momento tivessem lhe perguntado sobre aquele negócio aparentemente ilegal. Mas já desconfiava de que o banqueiro havia sido alertado para não mais empregá-lo: tinham lhe dado a liberdade, mas pensavam em matá-lo lentamente, pela fome. A aposentadoria de marítimo também havia sido cortada. E, agora, não tinha dinheiro nem para pagar os dois meses de aluguel do casarão da praça que haviam ficado em atraso com a sua permanência no navio. Mas isso não seria problema, pensava Marambaia. Apesar da idade, ainda se sentia em condições de trabalhar: poderia passar a consertar portas de arriar, sabia como fazer remendos no zinco, sabia ainda como engraxá-las. E, além do mais, já havia recebido o convite do velho Themis para ajudá-lo naquele serviço. Não era problema. Themis era um italiano já meio desvairado, que falava sozinho pelas ruas, talvez aturdido pela velhice. Mas gente boa, que ainda vivia de ilusões, pensando toda a semana em ganhar o bolo esportivo.

Marambaia pensava em Themis, quando, de súbito, no

quase silêncio da tarde, de ruídos de pratos, copos e falas, que soavam levemente distantes, sentiu novamente tonturas. Aquela sensação de flutuar, como se a memória tivesse sido apagada, como se a vida tivesse sido apenas um filme velho, em branco e preto, que nada teria marcado, que poderia ser esquecido na primeira esquina. Era uma sensação que vinha e perdurava por alguns instantes, desde quando havia tomado uma surra dos tiras no navio. Naquele momento, tivera a ideia clara de proteger a cabeça dos socos e pontapés, enquanto seu corpo era rolado no chão como uma trouxa de roupa velha. Mas sabia que não tinha evitado muitos golpes: tinha a desconfiança de que, a qualquer momento, aquela sensação poderia se tornar definitiva, poderia perder a razão, a lucidez. Já tinha percebido essa falha: às vezes, algum conhecido vinha lhe perguntar sobre como haviam sido as coisas no navio, mas custava a lembrar de quem se tratava — já não sabia se era um homem de confiança ou algum filho da puta. Momentaneamente ficava paralisado, sem saber o que falar. Fazia um esforço de memória e, então, às vezes, vinha-lhe a compreensão. Por fim, desculpava-se.

Foi assim que ocorreu quando o negrinho Louva-Deus veio chamá-lo, a mandado de Irene, a *strip* do *Old Kopenhagen*. Veio o negrinho, todo assustado, agarrá-lo pela manga da camisa, a gritar:

"Seu Maramba! Seu Maramba! O senhor precisa ir ao hospital!"

De momento, Marambaia não se lembrou de quem se tratava o negrinho. Olhou-o meio abobalhado. Estava crescido o negrinho: era um daqueles moleques que andavam por ali pelo cais — andava sempre em bandos, mas os amigos já se tinham ido embora: Cariri era jogador de futebol do Santos, Pingola andava a esculpir, repetindo os passos do velho João de Angola, quase não parava no cais, o malandrinho Gabriel devia estar preso, ou, então, já tinha sido apagado pela polícia, não sabia que fim teria levado. E Louva-Deus, o negrinho, estava ali, só ele havia ficado.

"O que aconteceu, menino?", gritou o velho, finalmente.

"O Quirino, seu Maramba. Ele está no hospital, seu Maramba. A dona Irene está lá ao lado dele. Ele está mal; ela lhe mandou chamar", disse o negrinho, esbaforido.

"Vamos até lá", disse Marambaia, decidido, bebendo o último gole de cerveja.

No hospital, Marambaia perguntou sobre Quirino na portaria; demoraram a responder — Quirino havia sido internado como indigente. Foram. De cada lado do corredor sombrio, abriam-se pequenos quartos com cinco ou seis leitos, divididos por tabiques escuros. Assim que entraram, Irene saiu correndo de junto à cama, os olhos chorosos, aos gritos, como louca. "Caralho", pensou Marambaia, e só então reparou nos hematomas que alteravam as feições do amigo. A outra cama estava desocupada.

"Que aconteceu?", perguntou Marambaia, acariciando os cabelos de Irene, que chorava convulsamente sobre o seu peito.

"Acabou de morrer..."

Então, Marambaia sentiu o choque; de longe, Quirino parecia apenas dormir, aquela palidez já o acompanhava desde quando tinha saído do navio. Duas marcas profundas, de sangue pisado, atravessavam-lhe o rosto. Afastou Irene, que se agarrou ao negrinho Louva-Deus, e foi para diante do amigo. Olhou o corpo magro de Quirino desenhado por baixo do lençol. Perguntou:

"Meu Deus, como foi isso?"

"Deram-lhe uma surra", disse um médico, que vinha entrando, ao ouvir as palavras de Marambaia. "Foram muitos, com certeza. Houve hemorragia interna. A polícia o encontrou estirado numa rua, de manhã cedo."

"Ele não disse nada? Como eram os assassinos?", quis saber Marambaia.

"Não, senhor. A polícia deve saber alguma coisa. O senhor era parente dele?"

"Não", murmurou Marambaia. "Só amigo."

"Se ninguém reclamar o corpo, vai ser enterrado como indigente", disse secamente o médico.

"Não!", gritou Irene. "Nós vamos enterrá-lo."

Então, o médico saiu novamente. Mas, deu meia-volta: "Olha, senhor, ele estava muito fraco. Estava tuberculoso. Não pôde resistir muito..."

CAPÍTULO IX

CHAMORRO estava em mangas de camisa, apoiado nas teclas do piano, olhando o sol como entrava pela porta aberta, varando a penumbra. Ali do fundo da boate, no pequeno palco, a cortina aberta, Chamorro via a mulher do proprietário fazendo contas próxima à velha caixa registradora que lembrava aqueles filmes de faroeste. Mais adiante, na ponta do balcão em forma de ferradura, via uma garçonete que conversava sem pressa com um marinheiro brasileiro — percebia pelos traços, pela maneira de gesticular, pela roupa azul-marinho e branca —, perdido ali àquela hora, bebendo uma cerveja que lhe poderia custar bem menos num bar comum, mas onde, provavelmente, não encontraria companhia de mulher.

Eram talvez quatro horas da tarde e Chamorro estava ali havia pelo menos meia hora, naquela posição, a cerveja esquentando em cima do piano, à espera de Irene, para o ensaio. Já tinha a música *Al Di Lá* decorada nota por nota, mas Irene ainda mostrava hesitação em algumas passagens. Por isso, meticuloso, Chamorro preferira não estrear aquele novo show na noite anterior; convencera Irene de que ela ainda não conseguira dominar a música e precisava de um novo ensaio. Mas, naqueles dias, já havia notado, Irene andava dispersiva, sempre chegava atrasada ao ensaio e, à noite, esquecia-se dos horários do show, não procurava os melhores fregueses e deixava a boate sempre uma hora antes das demais *strips*. Enquanto se quedava ali pensando em bobagens, Chamorro decidira que teria uma conversa firme com Irene. Foi quando a viu entrar acompanhando a linha do sol até perder-se na penumbra da boate pelo corredor formado entre as banquetas e as pequenas mesas. Gritou:

"Irene!"

E veio a voz da penumbra:

"Já vou. Só um instantinho."

Então, Chamorro ficou ali, com o olhar perdido na cortina do camarim, por onde Irene havia entrado. Começou a tocar a canção italiana, pensou em tomar um licor *Strega* como os atores do filme daquela música, mas afastou o pensamento: cerveja e licor não cairiam bem. Foi quando viu Irene afastar a cortina, avançar para o tablado, com aquele maiô de ensaio, comum, sem as estrelas prateadas, a purpurina, como exigia a noite. Chamorro recomeçou a canção, acentuando os acordes iniciais para que Irene tomasse posição no palco e começasse a dança, mas percebeu nela gestos muito lentos, como se estivesse embriagada. Olhando-a sempre com uma expressão bondosa, Chamorro acompanhou seus passos, suas formas na escuridão da boate, que, de repente, começaram a adquirir leveza, suavidade, como se ela estivesse dominada pela música. Então, Chamorro sentiu força, emocionou-se com a canção, fechou os olhos e ficou imaginando o corpo nu de Irene que, todas as noites, dançava ali à sua frente. Foi até as últimas notas, até o acorde final e, quando abriu os olhos, o corpo de Irene estava deitado no tablado, a perna direita esticada, o pé esquerdo encostado na coxa direita, o dorso dobrado, os cabelos negros e grandes esparramados no chão, o rosto quase junto ao joelho esquerdo.

Chamorro ficou olhando aquele corpo imóvel, pensando nos aplausos que, à noite, ressoariam na boate, enquanto Irene estivesse naquela posição de final de dança, quando viu a mulher do proprietário sair de junto da caixa registradora, caminhar apressada pelo tablado, chegar próxima a Irene, levantar o seu rosto e gritar:

"Meu Deus! Ela está morta!"

Foi quase ao mesmo tempo em que outra mulher saiu do

camarim, gritando: "Ela tomou veneno!"

Chamorro ainda estava paralisado — as grandes mãos, que lembravam as de um famoso goleiro argentino, enterradas nas teclas do piano —, olhando para o nada.

Chamorro ao piano e Irene morta

CAPÍTULO X

NAQUELA noite, o velho Marambaia não conseguiu adormecer: o assassínio de Quirino e o suicídio de Irene não lhe saíam da mente. Deitado na cama, a cabeça recostada na parede, ancorado, sem força para nada, entregando-se à inércia e ao passo do tempo, como se assim fosse possível esquecer as más lembranças. Tinha o coração calejado, sabia que não adiantava procurar coerência na vida, mas ainda assim, às vezes, desesperava-se. Sentiu vontade de beber, mas procurou dominar o desejo. Fechou os olhos, agora, as imagens de mulheres chorando à beira da sepultura humilde de Quirino haviam-se desvanecido; nem mais lembrava do primeiro dia de Irene no *Estrela da Manhã* — tampouco fazia qualquer esforço para tentar entender a razão daquele gesto (teria sido por amor a Quirino?). Sentiu aquela mesma sensação de coisas perdidas, de imunidade ante ao tempo: e as imagens do tempo da Coluna voltaram vivas. Invadiram-lhe a memória momentos ternos, doces, como o amor de uma camponesa num arraial durante um momento de pausa do avanço da Coluna. Em seguida, vieram os homens estropiados da Coluna, o capitão gesticulando, no meio da mata, em pé, com aquele porte altaneiro, diante dos soldados sentados, cansados, ao redor do café que esquentava numa fogueira como faziam os heróis do faroeste. O capitão sonhando, falando de como seria quando a Coluna chegasse ao poder. "Tu, Marambaia, serás o historiador. Um novo regime, que mudará tudo neste país, precisará de um historiador sem o ranço dos gabinetes. Seremos o primeiro regime da América a buscar a redenção do homem: algo nunca visto no mundo. Tão importante que a História será dividida entre a Revolução Francesa e a nossa. Tu escreverás essa história, a história de nossa luta." A voz do capitão, uma voz quebradiça, cansada pelos dias passados na mata, enfrentando chuva, fome, doenças. Mas o capitão acreditava, os homens acreditavam. "Marambaia!", o grito o despertou. Ao acender o lampião de querosene, viu-se só no quarto. Tremendo, avançou para a mesa, apanhou algumas folhas de papel, a caneta, começou a escrever.

Eram quatro horas da manhã, quando conseguiu parar. Os dedos doíam, os nervos da mão direita puxavam, retesados. Decidiu descer, atravessou a encruzilhada, entrou no *Estrela da Manhã*. Olhou Sara, aquelas pernas tão grossas, parada na esquina, olhando para ele. "Hoje, não, Sara", pensou, olhando para ela, aquele rosto cheio, de duas covinhas no sorriso, de olhos de índia. Pediu um conhaque com mel, ficou mexendo o mel com a colherzinha durante muito tempo, até dissolvê-lo na bebida. E bebeu devagar, lentamente. Olhou outra vez para a rua, viu Sara, não pôde evitar as pernas grossas, morenas, dois buraquinhos atrás dos joelhos. "Hoje, não dá, Sara", pensou. E ficou ali a olhar a mulher, que se perdia em breves passeios até o poste de iluminação pública e a porta do hotel.

Quando ouviu o primeiro canto de galo, voltou para o quarto. Sara já não estava mais na esquina, tinha arrumado homem, um velhote. Era quase de manhã e o céu estava manchado de vermelho lá para longe, ao final da Rua General Câmara, por cima do armazém doze das docas. Havia chovido durante a noite, uma chuva ocasional, de longas estiadas, mas aquele vermelhão denunciava, ao longe, que haveria sol.

No quarto, o lampião de querosene ainda estava aceso sobre a mesa, mas inútil: o dia começava a clarear tudo. Os papéis estavam espalhados na mesa e Marambaia pensou em colocá-los em ordem. "Reina ordem em todo o país", lembrou-se do lugar- comum lido nos jornais do dia anterior. "Bom sinal", pensou, de um modo sarcástico. Estivera escrevendo até as quatro da manhã (soube pelo gemido de uma locomotiva distante). Pensou ainda em arrumar os papéis, mas, agora, o sono o dominava: atirou-se vestido à cama.

Acordou com a gritaria na rua: saiu à janela, olhou para a

praça, viu pessoas correndo, a Rua General Câmara agitada e a tarde escura anunciando chuva. Dormira muito, o corpo lhe doía, mas pensou em deitar-se novamente. Um pesado torpor o dominava, fechou os olhos no meio do quarto e as imagens da Coluna vieram-lhe novamente à cabeça. O capitão, barbudo, de olhos fundos, a roupa suja de lama, delirando no meio da mata, entre ele e outro companheiro. "Talvez eu morra aqui, mas qualquer dia vocês haverão de ouvir o povo na rua, os gritos, as bombas. Não será nenhuma festa de loucos, mas a revolução." Os gritos na rua, a voz do capitão no quarto. Desceu.

"É a revolução!", disse, ao cruzar com um morador do casarão na escada. Na rua, parou sob o umbral da porta, viu os homens rodeando o bonde 19, naquele dia, sem reboque, as lonas arriadas. Os homens gritavam, uns com paus, outros atirando pedras, enlouquecidos e confusos. Um grupo arrancava um bombeiro da frente do bonde. "É um vendido, um filho da puta. Está furando a nossa greve. Batam nele!", gritou um homem vestido de motorneiro, aquele uniforme cáqui, surrado.

"É a revolução!", gritou Marambaia. E o seu próprio grito o surpreendeu: saiu um som gutural, do fundo da alma, como no tempo da Coluna, sim, um grito como se tivesse sido o capitão quem berrara. Uma voz quebradiça como a do capitão. "É a vitória do povo, meu capitão!", saiu gritando e correu até o outro lado da rua. Empurrou o velho Lucas, que tomava conta da bomba de gasolina instalada na esquina da praça, apanhou um ferro junto à caixa de ferramentas, bateu no luminoso que dizia *Texaco*, espalhando vidros para todos os lados. Apanhou a mangueira, derramou um pouco de gasolina num vasilhame, deu um pontapé no velho Lucas, amigo de tantas conversas, que tossindo, atrapalhado com o cachecol, tentou avançar sobre ele, e continuou a encher o vasilhame. Puxou o velho Lucas pelo cachecol, quase o enforcou, jogou-o contra a bomba, a mangueira derramando gasolina no chão, e correu para o bonde. Os homens, ao redor, atônitos, pediam o linchamento do bombeiro. E Marambaia avançou, derramou gasolina nas lonas arriadas do bonde e não esperou muito: atirou um fósforo aceso e o fogo subiu selvagemente.

"Agora, vamos até à Casa do Governo", gritou Marambaia, mas os homens não entenderam. "Vamos tomar o Palácio, que a vitória será nossa!", gritou novamente. E um grupo o acompanhou, receoso de que o fogo que consumia o bonde atingisse também a bomba de gasolina do velho Lucas, mandando tudo pelos ares. Todos correram, só os motoristas do ponto de táxi ensaiaram um trabalho para apagar o fogo.

"Vamos destruir novos bondes", gritou um trabalhador. "Não, vamos nos juntar aos estudantes. Eles têm uma passeata lá na praça Mauá!", sugeriu outro, aos gritos. Então, Marambaia lembrou-se do capitão: "Vamos lá!", berrou. E correu por entre os trilhos, arrastando os homens do piquete. Gritaram, soaram tiros, mas um homem acalmou a multidão: "São dos nossos! Estão comemorando lá atrás, estão conosco". E Marambaia, como se ainda tivesse vinte anos e andasse ao lado do capitão conhecendo o país de ponta a ponta, sentiu forças: "Vamos, homens!", e sua voz parecia a voz do capitão, uma voz quebradiça como a do capitão.

Na praça Mauá, a multidão não se assustou com a chegada de mais homens, muitos ainda com o uniforme cáqui da companhia do serviço de bondes. Um estudante estava na escada do Paço Municipal, no alto, e gritava: "Soltem os nossos presos! Queremos anistia!"

O velho Marambaia trepou na escadaria, empurrou alguns estudantes e viu a multidão na praça comprimida até onde a vista alcançava. Lembrou-se do capitão: como ele gostaria de estar ali. Haveria de avançar, arrancar o megafone das mãos do estudante, atirá-lo longe, haveria de fazer das próprias mãos um megafone e gritar para o povo, quando, então, já não houvesse mais nenhum ruído, nenhuma voz, só o silêncio da multidão para ouvi-lo. Como se fosse o capitão, Marambaia avançou para o estudante. Alguns rapazes tentaram impedi-lo, mas os motorneiros na retaguarda o protegeram. E Marambaia, como se fosse o capitão, arrancou o megafone das mãos do estudante, mas não o atirou longe como o faria o capitão, aproveitou-o e gritou: "Companheiros, a nossa hora é chegada! Em todo o país, os homens do governo cedem. Aqui também, os quartéis se rebelam. Veem como não há policiais nesta praça. Somos os vitoriosos. O capitão avança com suas tropas para cá, ele voltou, vem pelo Mato Grosso, está próximo. Vamos nos antecipar e lhe oferecer esta vitória, a nossa vitória".

E da multidão, dos homens trepados no alto das árvores, do povo comprimido na praça, levantou-se o coro:

Ou deixar a pátria livre
Ou morrer pelo Brasil

"Avancemos! Vamos tomar a Casa do Governo", berrou Marambaia. Mas, ao longe, uma outra voz se ouviu: "Não deem ouvidos a esse homem. É um louco!"

Como a voz não se impôs à multidão, Marambaia gritou outra vez: "Vamos em frente!" E a multidão o acompanhou. Forçaram as portas de ferro do Paço Municipal: logo, a longa escadaria se mostrou livre. "É o povo subindo as escadarias da Casa do Governo", murmurou Marambaia. "É o povo, meu capitão". Ele avançou à frente de todos, os portões de ferro escancarados, avançou berrando com a voz rouca e seca, fanático, desvairado. "Esta é a vitória do povo!" E subiu o primeiro lance de escadas, parando no patamar, voltando-se para trás, para a multidão: "Venham comigo. Somos os vencedores. Vamos tomar a Casa do Governo para oferecê-la quando o nosso capitão chegar!"

Um homem, jeito de tira, andou em direção a Marambaia, abrindo caminho entre aqueles que gritavam palavrões e destruíam os bustos de mármore à entrada do palácio. "É um louco. Não há revolução nenhuma. Esta é apenas uma pequena cidade. Como fazer revolução no país tomando a prefeitura de uma cidade?!" Mas os homens vaiaram, um pedaço de pau atingiu o tira, outros lhe agarraram, jogaram-no contra a parede.

"É isso mesmo! Destruam os lacaios que querem atrasar a marcha do povo", gritou Marambaia e, dando meia volta, começou a subir os novos lances da escadaria. Viu uma plaqueta pregada a uma porta grande: presidência da Câmara Municipal. Deu um pontapé na porta, que se abriu. Dentro, não havia ninguém. Marambaia avançou, olhou os retratos pendurados na parede, odiou aqueles rostos desconhecidos, avançou sobre um quadro, arrancou-o da parede e o atirou pela janela. Lá fora, a multidão se espalhou com medo de ser atingida pelo objeto. Em seguida, um grupo avançou sobre outro quadro, rasgou-o furiosamente. "Atirem mais! Atirem os retratos dos ladrões", ordenou Marambaia. E começou também a arrancar outros retratos da parede e a atirá-los pela janela, como pequenos discos-voadores. Saiu à sacada, olhou a multidão, acenou. Atrás dele, os motorneiros e os estudantes que o haviam acompanhado espalharam-se na sacada.

"Diga alguma coisa ao povo", pediu uma voz, lá de baixo. Mas Marambaia fez um gesto de espera com a mão direita.

"Ainda não é o momento!", gritou.

Pediu aos que estavam espalhados na sacada para que voltassem, afastou-os da sala. "Preciso pensar, pensar...", murmurou, num tom de desculpa. Quando se viu sozinho na enorme sala, observou os móveis de jacarandá, os livros de lombada dourada enfileirados na estante, os pregos que antes sustentavam os quadros na parede, a grande mesa de caviúna, os papéis em bloco, a caneta-tinteiro, o mata-borrão. Fechou as janelas de vidro, deu um último olhar para a multidão lá fora, viu que um estudante esforçava-se para voltar a falar ao povo e cerrou as cortinas. Voltou-se, sentou na cadeira de grande espaldar e experimentou um leve prazer ao recostar-se. Nesse instante, ouviu um matraquear, o barulho do povo correndo e dos esguichos de água dos carros-brucutu. Ficou à espera.

(Marambaia saiu de lá morto, quando na praça, já envolvida pelas sombras da noite, não havia mais ninguém — só a vigilância silenciosa dos soldados armados. No outro dia, pelos jornais, o povo soube que Marambaia havia sido morto ao resistir à voz de prisão, embora ninguém o tivesse visto armado. Disseram ainda os jornais que não havia nenhum capitão avançando com tropas para cidade, vindo de Mato Grosso, como davam conta os boatos. Informaram ainda que reinava calma em todo o país e que os acontecimentos do dia anterior, para quando estava programada uma passeata autorizada de estudantes, tinham sido um fato isolado, obra de um louco. Na primeira página de um jornal da cidade, logo abaixo da foto de Marambaia, havia a notícia de que a greve dos motorneiros tinha chegado ao fim, após um acordo entre o sindicato da classe e a empresa do serviço de bondes — na mesma notícia, havia a informação de que a polícia estava apurando os nomes dos motorneiros que tinham ajudado o louco a botar fogo no bonde 19 e a invadir o Paço Municipal. No cais, naqueles dias contavam que Marambaia nunca soubera manejar qualquer arma. Só uns poucos sabiam de alguma coisa do passado de Marambaia, das doze rebeliões a bordo. Houve até quem falasse que Marambaia teria participado da epopéia da Coluna Prestes. Outros diziam que, ao sair do navio-prisão, Marambaia já não tinha as ideias no lugar. Mas aqueles que conheciam bem Marambaia já não estavam mais — mortos, presos ou desaparecidos. No sindicato dos foguistas, sob intervenção, só restavam os pelegos.)

CAPÍTULO XI

NA PRAÇA Theresa Christina, quando ao final da tarde Teodorico descia de seu quarto trazendo um caixote, os vagabundos do cais já se armavam com bagaços de laranja e enchiam as carteiras vazias de cigarros com água na torneira do balcão do *Estrela da Manhã*, à espera de que ele começasse os seus discursos quase ininteligíveis. Alguns homens chamavam Teodorico de Messias, talvez por causa de sua aparência de profeta, a barba negra e caprina entremeada de fios brancos, o capote de feltro que trazia sobre o paletó surrado, onde brilhavam alguns penduricalhos; ou talvez devido à voz inflamada. Os policiais, que faziam ronda nos quarteirões do Paquetá, preocupados em proteger a banca de bicho que já tinha sido do marítimo Marambaia, obrigavam Teodorico a interromper os seus discursos. Mas ele não desistia: ia com o seu caixote para outros cantos, para o armazém doze, ponto de encontro de muitos trabalhadores das docas. E, às vezes, na praça, os homens do sindicato dos foguistas — provavelmente, influenciados pelo marítimo Marambaia — impediam a ação dos policiais, com apelos e palavras de compreensão, e ainda evitavam que os vagabundos, aliados aos motoristas de praça, continuassem a atirar coisas em Teodorico.

Talvez por isso, quando da morte de Marambaia, anunciada rapidamente no cais, Teodorico tratou logo de revistar o quarto do amigo no casarão da praça, antes que a polícia o fizesse. E, numa mesa, ao lado de velhos livros, encontrou um manuscrito de caligrafia difícil, miúda, que trouxe consigo.

Já era noite, nesse dia, quando desceu com o caixote numa mão e o manuscrito na outra, encaminhando-se para a esquina da praça, entre a banca de jornais e a bomba de gasolina do velho Lucas, onde o letreiro *Texaco* não existia mais. Lá, subiu em cima do caixote e começou a velha pregação. De início, alguns motoristas de táxi do ponto em frente ainda tentaram buscar bagaços de laranja para atirar, mas quando viram várias folhas de papel nas mãos de Teodorico, a curiosidade fez com que desistissem. Aproximaram-se do povo que formava uma grande roda. E ouviram:

"Muitas vezes, aqui neste quarto, tenho-me perguntado sobre os desígnios e os destinos do homem. E depois de muito tempo de reflexão, observo que minhas conclusões são amargas, derrotistas. Não há por que confiar no homem, esse animal irracional. Mas houve um tempo em que acreditei. Sim, acreditei que o homem fosse essencialmente bom — a culpa de tudo seria da organização social. Mas, hoje, mesmo sabendo que esse raciocínio só haverá de contribuir para o fortalecimento das forças obscuras — pois, se o homem é mau, como lhe dar liberdade? —, não volto um passo atrás.

Talvez, um dia, aqueles em cujas mãos cair este manuscrito venham a atribuir estas palavras à insanidade de seu autor ou, os mais tolerantes, a classificá-las como o resultado de uma mente solitária, a quem invariavelmente imputam intenções egoístas, distantes do mundo. Talvez. Por isso, antes de tudo, quero dar duas palavras sobre o que considero solidão.

Não, o homem solitário, como os falsos sábios o concebem, não existe. A rigor, todo homem é solitário, todo homem está sozinho no universo. Mas não do modo como entendem os psicólogos burgueses que pensam padronizar a mente humana com fórmulas matemáticas. Todo homem, por mais solitário que seja — mesmo aquele que se esconde de todos os perigos, que nunca desafiou uma autoridade — é sempre consequência do mundo que o cerca. Se esse homem se isolou, certamente, foi levado por circunstâncias do próprio mundo. Logo — e isto é tão claro como a lógica cartesiana —, seus sonhos, seus desvarios, seus pesadelos só existem em função do mundo que o oprime. Dessa maneira, qualquer que seja a opinião desse homem — revolucionária, contrarrevolucionária, indiferente, apolítica — é um testemunho desse mundo, é um reflexo da condição social. Por isso, falsos sábios não atribuam ao homem só, ao misantropo, um caráter que ele não possui, a querer defini-lo como um ser distante da realidade e, portanto, incapaz de sentir o pulsar social. Senhores profetas de profecias irrealizadas, a consciência individual não existe — somos todos consequência deste mundo, até mesmo os esquizofrênicos.

Vivo só num quarto de um casarão do cais de Santos. Há anos que não batem nesta porta e meus amigos se resumem numa meia dúzia de companheiros de conversas, todos mais jovens do que eu — alguns acreditam em mim, outros me são indiferentes. Estranha a mente humana — já tive tantos amigos, companheiros de luta, que me trocaram por conforto, luxo, dinheiro. Já outros o fizeram apenas para se verem livres de suplícios. E, portanto, não sei até que ponto posso considerá-los amigos. Já não sei definir esse sentimento: vi homens que mataram combatentes que os ajudaram a alcançar objetivos apenas porque discordaram em questões de pequena importância. Não sei, sinto-me confuso. Será que existe algum homem que sonha em convencer o mundo, em levá-lo a ter os mesmos pensamentos que os seus? Mas como, se o próprio homem é mutável? Como enquadrar a mente humana em parâmetros matemáticos? Talvez, no futuro, isso seja possível, mas sempre haverá de sair um fora da série de produção. Para esse, estará reservada a perseguição e a morte.

Às vezes, penso que essa capacidade de discordar é a única possibilidade que a humanidade tem de não ser levada irremediavelmente para o abismo obscurantista. Mas quando penso que são tão poucos aqueles que discordam em função de um ideal, imagino o quanto de tolo ainda sou ao querer acreditar numa concepção humanista para o mundo. Não, não há mais solução. Os homens não são iguais: cada povo tem a sua ótica, seus sonhos, seus objetivos. Como conciliá-los em nome de um mundo sem guerras, sem injustiças sociais, sem opressões? Talvez me acusem de servir ao totalitarismo. Talvez me chamem de reacionário, embora eu grite que não acredito na superioridade racial. Os conceitos brotam, ninguém vai ao fundo da questão. Os conceitos, as frases feitas, os lugares-comuns estão aí à disposição de todos. E nós estamos aqui no meio do fogo e não podemos sair sem que não acabemos por ajudar um dos lados.

Estamos mortos. Fomos atirados ao lixo da História, não é assim que dizem? A incompreensão derrotou a todos. A intolerância. Sim, é essa a marca mais fundamental do homem: a intolerância. Será que ainda há quem pense que, um dia, este mundo será assentado na bondade e na compreensão? Esses jovens torturados e mortos — muitos que abandonaram os privilégios de uma classe social rica — ainda representam hoje uma esperança. Os velhos já somos cínicos e descrentes, somos até um obstáculo porque com a nossa descrença acabamos por favorecer o outro lado, aquele que se baseia na exploração mais vil do homem. Mas o tempo — ah, esse inimigo implacável — haverá de corromper os jovens, destruir suas ilusões.

Em todos os lados do mundo, lutamos por uma revolução que tornasse o homem livre, não um ser anulado pela escravidão econômica e pela desinformação, guiado como se fizesse parte de uma manada. Uma revolução que tirasse o homem da condição de simples animal, que o permitisse pensar e optar. Ah, mas essa revolução está morta: em todos os lados, os governos produzem funcionários que não questionam, apenas cumprem ordens, assassinam em nome de um poder que não conhecem, em nome de uma cúpula sem rosto, detestam os pensadores como os mandantes da Inquisição detestavam aqueles que desafiavam a ordem estabelecida, reúnem-se em grupos, em partidos, distribuem favores aos amigos cordatos, mandam às masmorras os antigos companheiros, restabelecem privilégios, perseguem os homens livres. Exatamente como antes. Em compensação, a máquina montada produz artigos de consumo, televisores, transístores — esses instrumentos tão necessários à sua propaganda mentirosa —, produz homens-robôs, sem rostos, sem sentimentos, sem sangue.

De um lado, o capitalismo e, de outro, o comunismo, converteram o Estado num gigantesco patrão que dispõe de todos os meios de coerção e persuasão. Dessa forma, todos os atributos individuais que possam prejudicar o funcionamento do Estado passaram a ser combatidos e inevitavelmente destruídos. Nessa tarefa, o Estado passou a se armar de vários instrumentos, violentos e persuasivos: prêmios, sanções, fome, prisões, campos de concentração, esportes, rádio, televisão, jornais, cinema.

Filósofos do século passado acreditavam que, quando o homem soubesse ler e escrever, estaria assegurado o reino da razão e da democracia, mas a Alemanha de Hitler mostrou o contrário — um povo culto foi seduzido pela propaganda oficial. Hoje, a opinião pública é apenas um mito — foi dominada na Alemanha hitlerista, pertence ao Partido Comunista na União Soviética e é controlada pelos grandes trustes nos Estados Unidos e no mundo ocidental.

Os ideólogos do Estado liberal querem iludir os homens, afirmando que o poder político é natural e necessário, acrescentando ainda que um dos elementos da soberania é a força. Para esses ideólogos, tanto o poder político como a forma legitimam-se pelo consentimento da consciência social e pela realização do bem público, mas, na verdade, este consentimento só é obtido pela força, pelo domínio de uma classe sobre a outra.

Em toda a História, o Estado sempre foi o órgão próprio de um grupo social, o instrumento da ditadura de uma classe. Mas, neste século, com a multiplicação de suas funções, o Estado passou a ser um superestado, onde os anseios individuais se converteram em superficialidades. Os ideólogos do superestado, sempre vigilantes, passaram a acusar todos os anseios de liberdade individual de anárquicos, inimigos da causa comum, incapazes de uma explicação política, causadores da violência social — mas é fácil identificar quem pratica a violência: são aqueles que provocam a miséria, ou aqueles que lutam para escapar dela? Para esses ideólogos, a maciça intromissão do Estado nos atos do indivíduo tem sempre uma explicação. Em consequência, essa posição favorece o arbítrio, a escravidão de classes e raças, a tortura em massa e a matança científica.

A massificação dos indivíduos pelo superestado exige a formação de homens sem ideias próprias, sem vontade, meros autômatos, que são substituídos por outros como se fossem peças de uma gigantesca máquina. Na melhor das hipóteses, o superestado só permite desejos coletivos: constrói imensos estádios de esportes, promove a proliferação de filmes sem qualquer conteúdo social, desenvolve as indústrias de televisores — assim, os escravos das máquinas saem das fábricas e entram no reino ilusório criado por outras máquinas. Dirigido por telefones, rádios, televisores, circuitos, o homem despersonalizado está pronto para avançar e recuar, obedecendo docilmente aos desejos do superestado — até mesmo a morrer em terra estranha por interesses que desconhece. Como se fosse uma anônima peça de xadrez, o homem torna-se uma coisa, um objeto nas mãos do Estado: é persuadido a lutar por interesses alheios, que não vão acrescentar nada à sua vida e que, ao contrário, muitas vezes, tiram-lhe a vida num gesto tão simples como o de apertar um interruptor de luz. Depois, para justificar seus crimes e homenagear os homens-robôs, que morreram em defesa de seus interesses, o Estado constrói grandes monumentos, que, no fundo, são apenas os túmulos do homem sem vontade, sem ideias, do homem-máquina.

Mas, nessas sociedades fechadas, entre o raquitismo físico dos pobres e o raquitismo mental dos ricos, ainda existem homens que se arrastam como ratos nos escombros. Ainda há esperança, sem dúvida. Mas esta é uma guerra, com vencidos e vencedores — e quem garante que os homens de mente obscura não serão os vencedores? Que argumentos temos para nos iludir de que a vitória será dos homens tolerantes? Por que a vitória — como foi até aqui — não será sempre dos mais estúpidos, dos mais vis, dos mais venais, daqueles que recorrem sempre aos golpes mais baixos? Confesso, desisto. Que fiquem os mais jovens — afinal, já os antigos ofereciam corpos jovens ao holocausto. Ofereçamos também essas vidas em nome de um futuro que não sabemos se existirá porque, afinal, um bêbado qualquer, num momento de depressão ou de euforia, sei lá!, poderá encostar o dedo no botão fatal que mandará esta merda toda pelos ares!"

CAPÍTULO XII

PINGOLA andou de repartição em repartição na tentativa de localizar o corpo retalhado de balas do velho Marambaia. Queria lhe dar um enterro decente, mesmo que fosse uma cova rasa. Mas estava só na tarefa: os amigos estavam todos mortos, João de Angola, Quirino, ou desaparecidos, João Barbosa, o presidente do sindicato dos foguistas, o presidente do sindicato dos portuários. E ele não tinha documentos, nenhum papel. Na polícia, diziam desconhecer o paradeiro do velho marítimo. Negavam que tivesse sido morto. Os jornais falavam em suicídio. Outros garantiam que o velho tinha fugido. Como se fosse mágico, o velho desaparecera no ar. Seria apenas mais um nome a figurar na longa lista de desaparecimentos. Tentou engrossar com as autoridades e foi recolhido ao calabouço. Mas só por horas. Logo o soltaram, mas com a recomendação de que deveria esquecer o nome de Marambaia. O velho não havia existido, fora tudo imaginação das pessoas. Levou dois tapas na cara para apressar o esquecimento. Então, com medo, concordou com tudo. Ouviu gritos desesperados que vinham de longe, abafados por paredes grossas. Teve medo. E concordou. Saiu da repartição policial de cabeça baixa, sentindo-se covarde. E ganhou as ruas: a noite começava a invadir a zona portuária. Era um outro tempo: já não sentia no ar aquele cheiro de antes, um cheiro inexplicável de liberdade. Agora, havia um cheiro úmido de dor, de choro.

(Percebe o cheiro nas ruas, nas lufadas de vento. Caminha pelo cais: olha as ruas sujas de suor dos trabalhadores, agora mais negras de sangue derramado. Uma mulher canta na porta do *dancing Samba-Danças*, ao lado do velho Nego Oswaldo, e o vento carrega sua voz fina pelos arredores do cais. O mesmo vento que carrega o cheiro de dor leva a voz melancólica da mulher. Um vento forte que parece capaz de derrubar as palmeiras imperiais da Praça Theresa Christina. Um vento que o impulsiona para frente, em direção ao casarão da praça. Pensa em Sula e estremece. Sente-se um merda por deixar que, a cada dia, a mulher receba homens e homens. Tantos homens que vomitam naquele corpo o esperma da hipocrisia. Sente-se um merda. E caminha. Da velha praça, já ouve gritos, vozes. O vento traz a voz rouca, profética, de Teodorico, o louco. Pensa em como a essa hora os homens da praça já devem estar cansados de tanto rir, de tanto jogar bagaços de laranja e sacos d'água em Teodorico, que não desiste, nunca desiste, sempre diz o que tem a dizer. Mas agora a praça o surpreende: a voz forte de Teodorico está pausada, domina a pequena multidão que o cerca. Parece substituir os alto-falantes do sindicato dos portuários, agora calados. Nas mãos de Teodorico, vê folhas de papel. Teodorico lê um manuscrito. Ouve palavras nervosas, iradas, melancólicas. Mas não se detém. Avança. Alcança o casarão da praça. Porta alta entreaberta, barulhenta ao abrir. Sobe as escadas escuras, escorando-se no corrimão. Vai até o fundo do primeiro patamar, mas para: vozes em surdina o assustam. Um homem desconhecido aponta na porta, arrumando as calças, dizendo qualquer palavra de despedida. A resposta é um rouco som: é a voz de Sula. O homem sai e passa por ele, despreocupado. Pelo vão da porta, ele observa a mulher que, de costas, penteia-se diante do espelho. Prepara-se para novo sacrifício: o de sair às ruas em busca de homens, sempre. E de sobrevivência. Quer dizer algo, chamá-la, mas a emoção o impede. Ele sente os olhos úmidos: vê na cama de casal dinheiro espalhado, amarrotado.

No quarto, a luz é pouca. A lâmpada fraqueja, vacilante, no teto. Da praça, o vento traz a voz inflamada de Teodorico. Começou a garoar suave, percebe pela lâmpada da rua, mas Teodorico continua a ler o longo discurso. Sula o vê, finalmente. Levanta-se da penteadeira e corre para abraçá-lo. Olha o dinheiro amassado na cama, com olhos de medo: sabe que Pingola não a quer recebendo homens no quarto, só na casa de madame Sílvia. Mas lá, desde que as metralhadoras calaram o cais, os homens não vão mais. Os homens, os trabalhadores do porto, não têm mais dinheiro, nem tempo. Agora, quando voltam do trabalho no cais, não param mais nas esquinas, nem entram nas casas de mulheres. Vão embora, calados.

"É tudo o que tenho. Acabei de ganhar", diz com voz medrosa.

Então, Pingola se adianta e envolve a mulher:

"Estamos fodidos. O velho morreu e ninguém sabe dele. Não poderemos nem enterrá-lo. Mesmo se deixassem, não poderíamos lhe dar um enterro. Não temos grana. Estamos fodidos..."

"E sozinhos", lamenta Sula.

Lá de fora, da praça, com o vento vêm os berros de Teodorico.

"Amanhã, iremos embora desta merda de cais", diz Pingola, a voz quase engasgada. "Vamos começar de novo. Ele vai precisar de um pai de quem possa ter orgulho", diz, apontando com os olhos para a sombra do ventre inchado da mulher que se desenha na parede.)

Pingola e Sula, grávida

ÚLTIMA CONFISSÃO

AS VOZES que me trouxeram até aqui já não ouço mais. Estão mortas, estão assassinadas. Este irregular relato é só uma homenagem a essas vozes que se calaram cansadas de testemunhar tanta ignorância e violência em nome de valores morais que a ambição já desmoralizou há muito tempo.

Posfácio

OS VIRA-LATAS DA MADRUGADA[3]

Por Maria Angélica Guimarães Lopes[4]

Os vira-latas da madrugada são os moleques de Paquetá, mas não da Paquetá idílica de passeios de charretes e dos namorados nas praias, a Paquetá de *A Moreninha* de Macedo. Não, esta é a Paquetá paulista, "boca do lixo" para os de fora e "fim de mundo" para seus habitantes (p. 47). É a zona de beira-cais de Santos, onde a vida dura castiga os moradores, dando-lhes "aspecto doentio" (p. 48). O romance mescla memória e ficção. Revela o autor: "Em nenhum momento, procurei ser factual. Neste livro, o tempo não existe, os acontecimentos se confundem, as datas são esquecidas" (p. 48).

Se o ponto de partida para o ambiente é Paquetá, o de suas personagens é também a realidade: Bahia, o foguista aposentado; Plínio; Geralda, a mendiga muda (no livro, Rosa); e o moleque Pingola (p. 45). Este universo, com sua organização e código próprios lembra o de *Jubiabá* de Jorge Amado, o dos

[3] Resenha publicada na "Revista Iberoamericana", Instituto Internacional de Literatura Iberoamericana, Universidade de Pittsburg, EUA, jan-jun 1985, nº 130-131, p. 392-394. (N. do E.)

[4] Maria Angélica Guimarães Lopes é mineira de Belo Horizonte, formada em Letras Neolatinas pela Universidade Católica de Minas Gerais (PUC-MG), fez mestrado em Inglês e Francês na Universidade do Texas-Austin e doutorado de Português na Universidade de Wisconsin-Madison. Foi professora de Português, Espanhol, Francês e Inglês na U. Texas, Wright State U., U. Dayton, U. Wisconsin-Parkside, Carthage College, U. Pittsburg, e U. South Carolina. É professora emérita da U. South Carolina, autora de artigos sobre literatura brasileira comparada e de diversos livros, como A coreografia do desejo — cem anos de literatura brasileira (Ateliê Editorial, 2001). É também editora da seção "O Conto Brasileiro" para o Handbook of Latin American Studies, a bibliografia bienal da Biblioteca do Congresso dos Estados Unidos. (N. do E.)

paulistas Plínio Marcos e João Antônio e até mesmo o de *Querelle* de Jean Genet. Como esses, tem a configuração da vida noturna, de elementos marginais ou transitórios. Luta-se pela vida crua, em Paquetá, frequentemente desafiando-se a lei. As convenções aí são diferentes. Por exemplo, Pingola, "moleque" olhado com simpatia e mesmo afeto pelo autor, não hesita em viver de caftinagem, apesar de jovem, saudável e talentoso. Outro malandro, Plínio, recebe o carinho e dinheiro da mendiga muda, Rosa, cobiçada por outros, também como fêmea e ganha-pão. Personagem feminina de monta é a bela Irene, que sobe na vida ao passar de prostituta chã a dançarina-prostituta — mais elegante e menos trabalhoso.

Se a prostituição é um dos principais temas do livro, os outros são a luta dos operários por melhor salário e condições materiais e a solidariedade humana entre os moradores de Paquetá. O romance cria força dramática ao apresentar personagens que vivem os acontecimentos de abril de 1964. O principal deles é o velho Marambaia, ex-anarquista em vários navios e participante da Coluna Prestes, agora pacífico bicheiro. "Dedurado" pelo foguista Quirino, Marambaia o perdoa generosamente. Outra personagem forte é o negro João de Angola, escultor de magníficas figuras de madeira que, ao descobrir o talento de Pingola, toma-o como aluno. As mulheres são Sula, a meiga amante explorada por Pingola, e as mencionadas Irene e Rosa, esta coadjuvante.

Através de repetição de motivos (o sindicato, a luta pela vida, o lenocínio e o amor) e de retrospectos, o autor empresta impacto e convicção à trama. Momento dramático é o assassínio do jovem Grego e, em escala mais ampla, a prisão dos operários no sindicato e a passagem para o navio-prisão ancorado perto do cais. Diversas mortes contribuem para a força da estória: de Marambaia (nas mãos da polícia), Angola (atropelado por caminhão pouco após ter ganho a sorte grande), Quirino (no hospital, em consequencia de tortura no navio) e de Irene (suicídio possivelmente provocado pela morte de

Quirino). Todas são mortes comoventes, às quais Gonçalves impõe o cunho da autenticidade. Dramáticas são igualmente as cenas do interrogatório de Quirino, com pano de fundo a tortura de outros prisioneiros.

Adelto Gonçalves revela perícia ao manipular suas personagens e ao entretecer os diversos fios da trama. Cria clima de tristeza e medo, ocasionalmente interrompido por momento alegre. A autenticidade e força do cenário se devem, em grande parte, às várias cenas noturnas e à chuva e neblina comuns nesta região, inteligentemente utilizadas como processo retórico. Se não fosse a doçura que o autor consegue transmitir às personagens, este seria um livro soturno e desesperador.

Apesar de personagens ativas de movimentação em ambiente verossímil, falta ao livro importante elemento de surpresa. Isto se deve muito, a meu ver, à caracterização às vezes estereotipada, com malandros simpáticos e prostitutas de coração de ouro. Tal rigidez deriva da ideologia do autor quanto à engrenagem social. O mundo parece dividir-se entre os bons (pobres) e os ricos (espoliadores). Outrossim, pesa aí o célebre fatalismo brasileiro, a solapar quaisquer esperanças de progresso para as classes sofredoras, já que "pobre só sobe na vida jogando futebol" (p. 114). Realmente, a atual situação brasileira nada tem de róseo e, como sempre, os operários e lavradores pagam pelos erros alheios. Contudo, como apresentado no livro, este é outro mundo dos Rougon-Macquart, em que não só a hereditariedade como o meio condenam personagens à vida infra-humana. Tanto Sula como Irene, mulheres de virtudes morais apreciáveis, resignam-se ao meretrício, no que são secundadas pelo narrador. Para moça pobre, bonita e sozinha, não há alternativa (p. 163). Tênue raio surge no final do livro, nas palavras de Marambaia, porta-voz do autor: "Ainda há esperança, sem dúvida".

Em conclusão, *Os vira-latas da madrugada* merece ser lido por apresentar personagens comoventes em situações dramáticas, e, principalmente, por conseguir veicular o sentimento de ternura do autor. Adelto Gonçalves tem o dom de fazer viver suas personagens, convencendo o leitor de seu valor humano, mesmo quando suas ações, como as de Pingola e Quirino, lhe repugnem.

Nota do Editor

ADELTO GONÇALVES E SUA OBRA

Adelto Gonçalves nasceu a 16.10.1951 em Santos, cidade portuária do Estado de São Paulo, Brasil. Filho de pais de modesta condição, fez os estudos primários na escola mantida pelo Sindicato dos Operários Portuários de Santos. Com a morte do pai, para continuar os estudos, exerceu pequenos ofícios. Em 1972, quando cursava o segundo ano da Faculdade de Comunicação da Universidade Católica de Santos, iniciou, na mesma cidade, bem-sucedida carreira no jornalismo no jornal “Cidade de Santos” e, em seguida, em “A Tribuna”. Em 1975, vai para São Paulo, onde exerce a função de redator na Editoria de Política & Diplomacia em “O Estado de S. Paulo”. Em 1980, retorna a “A Tribuna”, de Santos. Voltou a trabalhar em “O Estado de S. Paulo”, de 1988 a 1992, depois de uma passagem pela “Revista Placar”, da Editora Abril, em 1987, e pela “Folha da Tarde” (SP), em 1988.

Estreou na literatura em 1977, com *Mariela morta* (contos).

Os vira-latas da madrugada foi escrito quando Adelto Gonçalves tinha 18/19 anos e ficou um bom tempo no fundo da gaveta, até ser reescrito em 1977/78. Em 1980, o romance ganhou Menção Honrosa no Prêmio Nacional José Lins do Rego, da Livraria José Olympio Editora, do Rio de Janeiro, e, como resultado da premiação, foi publicado no ano seguinte.

Jornalista, escritor, doutor em Letras na área de Literatura Portuguesa e mestre na área de Língua Espanhola e Literaturas Espanhola e Hispano-americana pela Universidade de São Paulo (USP), professor em estabelecimentos do ensino superior e crítico literário, Adelto Gonçalves é, também, autor de vários livros, que vão do ensaio à literatura de ficção. *Os vira-latas da madrugada* é um capítulo especial em sua bibliografia.

A história se passa às margens do cais santista com personagens que fazem rememorações da época do tenentismo da Coluna Prestes, passam pela Época Vargas e chegam até o período pré-golpe de 1964, onde efetivamente se passa a narração, e tem como pano de fundo a vida sindical. Em primeiro plano, personagens que vivem entre o bairro Paquetá e a zona central da cidade, região decadente, como decadente é a vida dos personagens que por ali deambulam: ex-sindicalistas, punguistas, jornaleiros, vendedores de jogo do bicho, catadores de restos que caem no transporte antes de chegar aos navios, mendigos, engraxates, cafetinas, cafetões, prostitutas e jovens aprendizes de todo tipo de expediente. Um dos aspectos surpreendentes do romance é a maneira detida, detalhada e verossímil com que o autor tece o enredo, demonstrando total segurança e grande afinidade com o universo existencial e psicológico dos personagens, isso com apenas 18/19 anos de idade, o que leva o leitor a se perguntar sobre o que teria permitido esse prodígio?

Em artigo publicado pelo semanário "Jornal Opção", de Goiânia, nº 2021, de 30.03.2014 a 5.04.2014, e no site do jornal russo "Pravda" (Verdade), em 25.03.2014, intitulado "O golpe visto da janela de minha casa", Adelto Gonçalves rememora a tenebrosa época em que escreveu o romance e oferece informações sobre a sua vida que, pelo menos em parte, respondem a essa interrogação.

O escritor diz, nesse artigo, que, com 12 anos de idade, assistiu ao golpe militar de 1964 da janela de sua casa. A morada de seus pais era no Largo Teresa Cristina, 27, defronte para o prédio do Sindicato dos Operários Portuários de Santos, localizado à Rua General Câmara, cuja lateral direita dava para a praça.

Foi por ali que chegaram os soldados da Polícia Marítima, do comandante Seco, ostensivamente armados. Da janela, o menino Adelto viu como alguns daqueles homens de uniforme azul com metralhadoras em punho e longos bastões —

que no cais eram mais conhecidos como “pés de mesa” — escalaram o muro dos fundos do sindicato, assumindo posições estratégicas.

Depois, ouviu o estilhaçar de uma vidraça do edifício do sindicato, talvez rompida por uma granada de efeito moral ou uma pedra. E, então, percebeu algumas poucas cabeças que se desenhavam nas vidraças: eram os dirigentes do sindicato acuados, provavelmente à espera de notícias que pudessem vir de Brasília sobre um eventual esquema de resistência ao golpe.

Mais tarde, ainda da janela, o menino percebeu uma aglomeração na Rua General Câmara com o Largo. Então, tomou coragem e desceu à rua e viu quando alguns daqueles homens que estavam acuados na parte de cima do sindicato desceram as escadarias, sob a mira de metralhadoras, e entraram numa espécie de “corredor polonês” aos tapas e pescoções em direção a um caminhão coberto. Entre eles, lembra-se de ter visto Manoel de Almeida, que era o presidente do sindicato, e Rafael Babunovitch, diretor. Com outros diretores e alguns associados solidários, seriam conduzidos para o navio-prisão, que por muitos dias ficaria ancorado em frente ao porto de Santos com sua presença ameaçadora, tal como uma forca na praça principal de uma pequena cidade.

Adelto diz, ainda, não saber por que aqueles acontecimentos se davam, mas a sua solidariedade era para com aqueles que eram agredidos a caminho do caminhão. Em 1961, havia se formado na escola primária do Sindicato dos Operários Portuários, com 10 anos de idade. Ingressara na escola não porque seu pai trabalhasse na Companhia Docas, mas porque ela ficava perto de casa e um amigo da família, portuário, havia se proposto a apresentá-lo como seu sobrinho, de modo que houve um arranjo para superar as normas, já que a escola, a princípio, só poderia ser cursada por filhos de portuários. E o pai de Adelto era dono de um pequeno armazém de conserto de sacaria de café na Rua Tuiuti, 34, na beira do cais do Valongo.

Adelto saiu daquela escola como um de seus melhores alunos. Ao final de 1961, o então presidente da República, João Goulart (1919-1976), fez uma visita ao sindicato e, na ocasião, cumprimentou uns três ou quatro daqueles alunos que haviam recebido medalha de aplicação ou de honra ao mérito. Adelto foi um deles. Diz lembrar-se, até hoje, do cumprimento dado pela mão suarenta do presidente.

Naquele ano de 1964, Adelto Gonçalves cursava o segundo ano ginasial no Colégio Comercial Coelho Neto e assistira, indiferente, à pregação de uma professora que costumava angariar adeptos para as manifestações que a União Cívica Feminina organizava contra o governo Goulart. Até porque não nutria nenhuma simpatia por aquela gente.

Por acaso, também sem sair de casa, o menino Adelto conhecera o prefeito de Santos, José Gomes (1920-1974), que teria o seu mandato cassado depois do golpe: via-o frequentemente cruzar o Largo Teresa Cristina em direção à Rua General Câmara a caminho de seu trabalho na Rádio Cacique, onde apresentava um programa. Certa vez, o prefeito, com seu cabelo ruivo e voz tonitruante, parou à janela do porão da casa de Adelto encantado com a vitalidade de seu cachorro, o *Rick*, e fez-lhe algumas perguntas a respeito do cão.

Era natural que, anos mais tarde, quando Adelto tinha 17 ou 18 anos de idade e sentou-se para escrever num caderno escolar os primeiros apontamentos para o romance *Os vira-latas da madrugada*, ainda no porão daquela casa do Largo Teresa Cristina, se sentisse impulsionado por muitas dessas lembranças. Tanto Almeida como Babunovitch, "o homem de bochechas vermelhas" e que "parecia ter uma batata quente na boca quando falava", são personagens que aparecem disfarçados, ao lado de tantos outros, naquele romance que reescreveu, dez anos mais tarde, à época em que era subeditor de Política na redação do jornal "O Estado de S. Paulo".

O trabalho, a um tempo de memória e pesquisa, presente em *Os vira-latas da madrugada*, fez com que o jornalista e escritor Marcos Faerman (1943-1999), professor na tradicional Faculdade de Jornalismo Cásper Líbero, apaixonado pelo "jornalismo literário" e estudioso da relação entre o texto jornalístico e as técnicas narrativas, enquadrasse a obra na categoria "romance-reportagem" e indicasse-a numa lista de cem livros de leitura obrigatória a alunos de jornalismo ou postulantes ao ambicionado mas difícil ofício de "escritor".

A lista de Marcos Faerman é encabeçada por *A sangue frio* (Truman Capote) e contempla outras obras-primas da literatura universal, como, por exemplo, *Honrados e mafiosos* (Gay Talese, 2º da lista), *Décadas púrpuras* (Tom Wolfe, 5º), *México rebelde* (John Reed, 7º), *Casa de loucos* (João Antonio, 9º).

Os vira-latas da madrugada aparece em 10º lugar nessa lista, antes de clássicos como *Moby Dick* (Herman Melville, 11º), *A ilha do tesouro* (Robert Louis Stevenson, 12º), *O lobo do mar* (Jack London, 13º), *Recordação da casa dos mortos* (Dostoiévski, 22º), *Tempo de morrer* (Ernest Hemingway, 27º), *Nada de novo no front* (Erich Marie Remarch, 28º), *A peste* (Albert Camus, 29º), *As vinhas da ira* (John Steinbeck, 34º) e *David Corpperfield* (Charles Dickens, 37º).

Ainda no texto do "Jornal Opção" e do "Pravda", Adelto relembra um fato que marcou a publicação da 1ª edição de *Os vira-latas da madrugada* e que só agora, trinta e quatro anos depois, o público tomará conhecimento do mesmo por inteiro, ganhando esta 2ª edição um significado novo, de verdadeiro ato insurrecto contra a castração das liberdades promovida pelos regimes totalitários — pois, como se verá, o *Os vira-latas da madrugada* foi uma das tantas vítimas da ditadura militar que à época infelicitava o nosso país.

Vamos ao fato:

Lançado na sede da editora no dia 30 de abril de 1981, juntamente com outras obras premiadas pela comissão julgadora, o livro trazia um prefácio no qual o jornalista Marcos Faerman dizia que aquele "romance de sons delicados e histórias tristes" não agradaria "àqueles que venceram em 1964". Àquele lançamento coletivo estiveram presentes os ex-ministros Darci Ribeiro (1922-1997) e Eduardo Portela, o compositor Tom Jobim (1927-1994), cuja irmã Helena ganhara o prêmio principal do concurso, e ninguém menos que Luís

Carlos Prestes (1898-1990), o *Cavaleiro da Esperança*, por sinal, também personagem ocasional de *Os vira-latas da madrugada*.

Adelto relembra que, naquela noite, "houve uma bomba que explodiu no RioCentro antes da hora e fez gorar uma tragédia que poderia ter provocado muitas vítimas."

Esse episódio, provavelmente, somado às dificuldades financeiras que puseram a editora sob intervenção do Banco Nacional de Desenvolvimento Econômico (BNDE), foi a causa de a edição ter sido recolhida à gráfica e o livro distribuído sem o prefácio.

Trechos do prefácio de Marcos Faerman foram publicados no semanário "Movimento" (São Paulo, edição de 1 a 7 de junho de 1981, página 15), com o título "Horror na beira do cais" e a seguinte linha final: "Trechos de um prefácio censurado, sobre tempos nublosos...". Na abertura, em texto que se pode atribuir à redação, lê-se: "O porto de Santos foi palco de grandes manifestações de massa nos anos que precederam a deposição do presidente João Goulart, em 1964, por isso mesmo, assistiu à violenta repressão depois do golpe militar de abril. Essa história constitui o pano de fundo do romance *Os vira-latas da madrugada*, do jornalista Adelto Gonçalves, recentemente publicado pela Livraria José Olympio Editora. Tudo indica que os acontecimentos posteriores ao golpe militar ainda incomodam aqueles que, de uma forma ou de outra, foram responsáveis por eles. Assim, *Os vira-latas da madrugada*, publicado por uma editora que está sob intervenção do Banco Nacional de Desenvolvimento Econômico (BNDE), acabou saindo sem o prefácio que fora preparado pelo jornalista Marcos Faerman, embora tenha sido impresso e encadernado normalmente. Ele teria sido proibido por ordem direta do interventor militar na editora, e foi arrancado de todos os exemplares. O prefácio foi vetado por problemas técnicos. Essa foi a explicação do editor Ivan Cavalcanti Proença, que prometeu uma nova edição, em alguns meses, incluindo o prefácio. Entretanto, apesar de desmentir qualquer conotação política no veto, Proença faz questão de frisar que a José Olympio é uma editora em situação peculiar, insinuando que a intervenção do BNDE não lhe permite total autonomia operacional."

Como prova da auto-censura, um exemplar com o prefácio

“subversivo” foi guardado por Adelto Gonçalves.

Seguindo o ideário ético filosófico de Fernando Pessoa, para quem “a função da arte é revelar o oculto e elevar a alma acima de tudo que é mesquinho”, a Letr*a*S*e*lvagem resolveu reeditar *Os vira-latas da madrugada*, cuja 1ª edição encontra-se há décadas esgotada, dando às novas gerações de leitores a oportunidade de acesso a essa narrativa realizada com técnica e alma, recolocando em seu merecido lugar o censurado prefácio de Marcos Faerman, o qual, da gaveta onde os inquisidores o sepultaram, clamou para vir à luz, não como explosão de pólvora e chumbo a amedrontar cidadãos indefesos, como fazem as ditaduras, mas como um potente raio, descarga de luz, irretorquível libelo capaz de ferir insensibilidades e despertar consciências.

Adelto Gonçalves é autor, entre outros, de *Fernando Pessoa: a voz de Deus* (Santos, Editora da Universidade Santa Cecília, 1997, ensaios e artigos), *Barcelona brasileira* (Lisboa, Nova Arrancada, 1999, romance; São Paulo, Publisher Brasil, 2002), *Bocage — o perfil perdido* (Lisboa, Caminho, 2003, ensaio biográfico) e *Tomás Antônio Gonzaga* (Rio de Janeiro, Academia Brasileira de Letras/Imprensa Oficial do Estado de São Paulo, 2012, ensaio biográfico), entre outros. Em 1986, obteve o Prêmio Fernando Pessoa da Fundação Cultural Brasil-Portugal, do Rio de Janeiro, participando do livro *Ensaios sobre Fernando Pessoa* com o trabalho “O ideal político de Fernando Pessoa”, publicado também em *Fernando Pessoa: a voz de Deus*. Conquistou os prêmios Assis Chateaubriand de 1987 e Aníbal Freire de 1994, ambos da Academia Brasileira de Letras. Seu trabalho de doutorado *Gonzaga, um poeta do Iluminismo*, sobre Tomás Antônio Gonzaga (1744-1810), publicado em 2000 pela Editora Nova Fronteira, do Rio de Janeiro, ganhou o Prêmio Ivan Lins de Ensaios da União Brasileira de Escritores e da Academia Carioca de Letras.

Taubaté, 1º de maio de 2015.

N. S.

Este livro foi composto em Janson Text, corpo 11 por 14, e impresso sobre papel Pólen Soft 80g/m², pela Gráfica EME, Av. Brig. Faria Lima, 1080, V. Fátima, Capivari, Estado de São Paulo, Brasil, para a Associação Cultural Letr*a*S*e*lvagem, em maio de 2015.